ファン文庫

仕立屋王子の謎解きデザイン帖

著　栗栖ひよ子

マイナビ出版

表参道（おもてさんどう）の奥の奥。

横道に入って曲がった先に、その仕立屋はありました。

お店の名前は、『filature（フィラチュール）』。

知る人ぞ知る老舗（しにせ）の仕立屋には、毎日、いっぷう変わったお客様が訪れるのです。

あなたは、どんな服をお望みで、どんな悩みを抱えていらっしゃいますか？

王子のような見た目のクールな職人と、元気いっぱいの助手がどんな謎も解決します。

よく耳をすませてみて。

ほら、今日も、扉を開く音が聞こえます。

C o n t e n t s

目次

仕立屋王子の謎解きデザイン帖

一着目　消えたデザイン画

「わあ、かわいい！　この新作、すっごく私好みのデザイン！」

段ボール箱から出した新作のワンピースを見て私が声をあげると、一緒に品出しをしていた同僚がくすくす笑った。

「布川(ぬのかわ)さん、毎回それ、言ってる気がする」

「そうだっけ？」

私がとぼけて首をかしげると、「そうですよぉ」と返しながら、同僚は新作をハンガーにかけていく。

「木村(きむら)さん、それ出し終わったら、先にお昼休憩行ってきていいよ」

「はぁい、ありがとうございます」

お昼時の大通りは、少しだけ時間がゆっくり流れている気がする。それはここ——通りに面した服屋でも同じこと。

客足の引いた店内には、私たちの出すカチャカチャという作業音と、小さく流れるＢＧＭだけが響いている。

ガラス張りの壁から秋の日射しが差し込んで、薄い茶色の木の床と白い壁、白を基調としたインテリアを輝かせている。ショーウインドウのお洋服たちも、めいっぱい深呼吸できているみたい。二十代から三十代向けの、ほどよくカジュアルな婦人服を扱っているうちの店は、だれでも入りやすい明るい雰囲気がウリだ。

「はあ、本当に素敵」

木村さんがハンガーにかけたワンピースを店頭のラックにかけながら、私はうっとりとため息をつく。チェック柄の襟付きワンピースは、絵型を見てから入荷するのをずっと心待ちにしていた新作だった。

「裾がアシンメトリーなのがいいよね。チェックワンピって優等生な雰囲気になりがちだけど、この裾のおかげでモード感も出てるっていうか。レザージャケットにも合いそうじゃない？」

「うんうん、そうですね」

年下の同僚がにこにこと話を聞いてくれることに甘えて、私はさらに新作愛を語っていく。

「このくるみボタンとか、袖がちょこっとパフスリーブになっているところも大好き。このデザイナーさんのこだわりを、お客様にちゃんと説明できるようにしておかないと」

服の細部をたしかめながら、お客様との会話を真剣にシミュレートする。

「布川さんは本当に、デザインが大好きなんですねえ」

感心半分、呆れ半分で息を吐いたあと、木村さんは「あっ、そういえば」と思い出したように手を叩いた。

「もうすぐ結果が出ますよね、デザインコンペ」

会社内で年に一回おこなわれるデザインコンペは、展開しているブランドすべてが対象で、本社スタッフだけではなく店舗の販売員でも参加できる。このコンペで賞をとれば、自分の描いたデザインの服が商品化されるだけでなく、デザイナーとして本社の企画部に異動するチャンスがあるのだ。

三年前、念願のアパレルブランドに就職できたものの、希望していたデザイナーではなく販売員としてショップに配属された。

それから毎年、デザイナーを夢見てコンペにデザイン画を出し続けてきたが、まだ賞をとったことはない。

「うん……。今年こそ、受賞できるといいけど」

「こんなに努力してるんですもん、きっと大丈夫ですよ！」

「……ありがとう」

キラキラした目で応援してくれる木村さんの顔を、なぜだか直視できなかった。

お洋服の細かいこだわりをお客様に説明して、コーディネートを提案して、購入していただく。お客様に喜んでもらえるとうれしいし、接客の仕事は大好きだ。でも、こうやってお勧めするのが自分がデザインした服だったらもっと楽しいのに、って考えてしまう。

布川糸。名札を見たお客様に『服屋さんにぴったりですね』と驚かれるこの名前は、洋裁のお針子をしていた祖母がつけてくれた。裁縫糸はもろくて切れやすいから『縁起が悪いんじゃないか』と反対する親戚もいたようだけど、『糸は人と人をつなげてくれるものだから』と祖母が説得したのだと母から聞いている。

小さいころから、和室で縫い物をする祖母を見ながら育った。遊んでほしくて、大好きな祖母のそばにくっついて、『わたしもやりたい！』とねだると、祖母は余った布で私にお手玉やハンカチを縫わせてくれた。

糸の通し方や様々な縫い方を教わり、座布団をくっつけ、祖母の隣で一緒に黙々と縫い物をするのは、私にとって一番幸せな時間だった。そして、祖母が作ってくれた子ども服を着ることが楽しみだった。

大人になったら私もこんなふうに、服を自分でデザインして、作って、お客様を幸せにしたいと思った。自分も祖母のようにそうやって生きていくのだと疑わなかった。

「アパレルブランドに就職すれば、服作りに関われると思ったんだけどな……」

現実は、そんなに甘くなかった。服飾の現場で働けていることを、まだ幸せだと思うべきなのだろう。でも……。

「夢って、そう簡単に消えてくれないよね……」

帰宅して携帯電話をチェックすると、母からメールが届いていた。今度の土曜日は祖母の法事だから、忘れずに実家に帰ってきてねという内容。

大好きだった祖母は、私の大学在学中に亡くなった。自分が夢を叶えた姿を見せられなかったことが悔しくて、『絶対にデザイナーになるからね』と祖母の遺影に何度も誓ったっけ。

「今の私を見たら、おばあちゃんはなんて言うかな……」

ひとり暮らしの部屋にひとりごとがぽつんと落ちる。都会でがんばってるね、毎日働いてえらいね、と優しい祖母なら言ってくれるだろう。でもその瞳に、落胆の光はないと断言できるだろうか。

「でも、今年は変わるかもしれないんだから」

コンペで受賞できれば、夢のデザイナーへの道が開かれるのだ。堂々と、胸を張って帰ってもいいはず。そうだよね。

なのになんだか気持ちの晴れないまま、私は喪服を準備して、週末隣県にある実家に帰った。

法事はとどこおりなく終わり、今日は実家に泊まっていくため、私は部屋着に着替えてゆっくりしていた。

「糸～。暇なら掃除でも手伝ってよ」

おせんべいをかじりながらテレビを見ていると、母が台所仕事をしながら声をかけてきた。

「はいはい」

指についたせんべいのかすをなめとりながら、よいしょっと立ち上がる。大学時代からひとり暮らししているので、たまに帰省したからといってお客様扱いにはならないのだ。

「どこを掃除するの？」

台所をのぞくと、母は忙しそうに料理の下ごしらえをしている。調理台の上には、手間のかかるメニューの材料が並んでいた。お客様扱いではないといっても、こうして娘のために好物を作ってくれる母の愛がありがたい。

「おばあちゃんの部屋、ずっとそのままにしておいたけどそろそろ片付けようかってお父さんと話していてね……。たんすや押し入れの中のもの、捨てるものとあげるものに分けてもらっていい？」

母は振り向かずにそのまま返事する。

「形見分けするの？」

「うん、そろそろね……。糸が欲しいものあったら、持って帰っていいから」

母の声色はそっけなかったけれど、その背中は少し寂しそうに見えた。

祖母が亡くなって数年たつので、そろそろけじめをつけないといけない時期なのだろう。

「うん、わかった」

そんな母の葛藤がわかったので、私は深く追及せずうなずいた。

祖母の私室である六畳ほどの和室につながる引き戸を開けると、懐かしい匂いがした。

小さいころはもっと広く見えていたのだけど、祖母の影のない薄暗い和室は小さく縮こまって見える。

「さてと……」

電気をつけて、祖母の使っていた小物棚から見ていこうと決め、引き出しを開けた。

「あっ、これ……」

引き出しの中には端切れで作ったお手玉が入っており、すぐに昔の記憶がよみがえる。

祖母の隣で、小豆入りのお手玉を縫った幼い日のこと。

そっとお手玉を手に取ると、小豆の重みが手に伝わる。

「おばあちゃん、私が作ったお手玉、とっておいてくれたんだ……」

この柄、この拙(つたな)い縫い目。私が手縫いしたものに間違いない。

鼻の奥がつんとして、涙がこぼれそうになったので、あわてて息を吸い込んだ。いかんいかん。最初からこんな調子では、遺品整理なんてとても終わりそうにない。

なにが出てきても驚かないぞと覚悟を決めて次の引き出しを開けると、古びた紙の束が入っていた。

「ん……？　なんだろう、これ」

クリップで留めた色あせた紙には、鉛筆で人間が描いてある。前から見た姿と、後ろ姿。詳細に描き込まれた衣装とメモ。これってもしかして……。

「デザイン画……？」

祖母は工場から頼まれた洋裁の仕事だけでなく、近所の人に頼まれて洋服を仕立てることもあった。私に作ってくれた子ども服も、本に載っているものではなく祖母オリジナルのデザインだった。でもまさか、デザイン画まで描いていたなんて想像していなかった。

目が釘付けになって、何枚も紙をめくっていく。紙や、鉛筆の線の色あせ具合からいってけっこう昔のものだと思うのに、祖母のデザインは今見ても時代遅れではなく、むしろオシャレだった。

「すごい、おばあちゃん」

ほうっとため息をついたとき、パーカーのポケットの中で携帯電話が震える。画面を確認すると、本社からのメールだった。タイトルは『デザインコンペの結果』。ドキン……と心臓が大きく跳ね、震える指でメールを開く。息を止めて文面を読んだあと、押し寄せたのは絶望感だった。

落選、だった。今回も。

急に疲れがどっと出て、畳にぺたりと座り込む。

一年目は、落選しても『まだ新入社員だし、これからこれから！』と奮い立つことができた。二年目も、ショックは受けたけれど『また次がある』という気持ちがあった。でも、三年目は——さすがに三度目の落選となると、自分の実力を嫌でも痛感することになる。

「私、才能なかったんだなあ……」

祖母のデザイン画と比べると余計に、そのことが浮き彫りになって結果に納得してしまう。

もうそろそろ、潮時なのかも。デザイナーへの道はあきらめて、店舗スタッフとして昇進する道を模索したほうがいいのかもしれない。

いつの間にか流れていた涙をぬぐってデザイン画に視線を戻すと、見覚えのある服のデザイン画が出てきた。子ども服で、右上に〝1〟と番号が振ってある。

「これ、私が子どものころ大好きだった服……！」

胸下に切り替えがあるチュニックみたいなワンピースの下に、おそろいのバルーンパンツをはく。外遊びが大好きだけどズボンじゃなくてワンピースが着たい、という私のために祖母が考えてくれたデザイン。すぐに石や葉っぱを拾ってくる私の癖も考えて、ワンピースにもバルーンパンツにも大きなポケットがついている。

おばあちゃんの服っていつも、ちょっとしたアイディアとか工夫があって大好きだったんだ。でもどうしてこれだけ、番号が振ってあるんだろう。

紙をめくると、下から〝2〟と書かれたデザイン画が現れた。これも、幼稚園のころ好きだった服だ。

3、4……と紙が続いていく。デザイン画は、私が小学生のころ作ってもらった服から高校生のときの服に、時代が変化していった。

私の通っていた高校はシャツが指定じゃなくて自由だったから、祖母が私の要望を聞いて作ってくれたんだ。スカートの中に入れるのではなく外に裾を出すタイプの、タイトめの半袖シャツ。ウエストが自然にくびれて見えるよう絞ってあるデザインで、二の腕も細く見えるよう、わずかに袖がパフスリーブになっている。これを着ていると『スタイルがよく見える！』と友達にも好評だった。糸と同じシャツが欲しい、と友達に頼まれたので、祖母は私の友達の分もそれぞれのサイズで作ってくれた。

「私のグループの中でだけ、おばあちゃんのシャツが指定シャツみたいになってたんだよね。懐かしいな」

当時を思い出すと、ふふっと笑みがこぼれる。

でも、そこから先は、見たことのないデザイン画だった。

〝5〟はジャケットとタイトスカートにフリルブラウスを合わせたもの。リクルートスーツにしては華やかだから、きっと私の大学の入学式のためにスーツを作ってくれようとしたんだ。でもそのころにはもう、祖母は病気で入院していたから、針を持つことは叶わなかった。

祖母は最後まで、『早く退院したい』『服を作りたい』と家族に漏らしていた。きっとそれは、まだ形にしていないデザイン画があったからだったんだ。私の、ための――。

「おばあちゃん……」

一度引っ込んだ涙が、またぼろぼろとあふれてくる。その量はさっきまでの比ではなく、止まる気配がない。

私は洟をすすり、涙で視界がにじんだまま、〝6〟と書かれた最後の紙に目を向けた。

それは、シンプルなブラウスとパンツのデザイン画だった。一見フォーマルっぽい雰囲気なんだけど、パンツの上になぜか巻きスカートを重ね着している。

「ここになにか書いてある……けど、読めないな」

紙の上部分に大きめに書かれた『〇〇子の服』という文字。おそらく服の名前だと思うのだけど、私の名前に〝子〟はつかないし、どういう意味だろう。

ほかの細かいメモ部分も、文字がかすれていて読めない。入院して、徐々に鉛筆を持つ力もなくなって、こんなに弱々しく薄い字になってしまったのだろう。

おばあちゃんが描いた、最後のデザイン画。作ることが叶わなかった服。

「私……この服を作りたい」

デザイン画の束を胸に抱いて、私はそうつぶやいていた。

このデザイン画の足りない部分を読み解いて、この服を形にしたい。祖母が最後に遺してくれたもの、その想いをこの手で感じたい。

そうしたら——なにかが見える気がする。自分の、これから先のことも。


「うぅ〜ん……」

週明け、職場でうなっていると、木村さんが心配そうな顔で声をかけてきた。

「布川さぁん……元気出してください」

「え？　な、なにが？」

「なにがって……。デザインコンペのことで落ち込んでいるんじゃないんですか？」

「あっ、う、うん」

あわててうなずくと、怪訝（けげん）な顔をされた。

出勤してすぐ、木村さんにコンペの結果を聞かれた。落選だったことを告げると、綺麗に描かれた眉を思いっきり下げて悲しんでくれた。

なのに、違うことで悩んでいるなんて、言えない。

「また次があるじゃないですか。まだまだ私たち、若いんですし」

「そうだね……」

二十五歳は、たしかに一般的には若いのかもしれない。でも、夢を追い続ける年齢としては、若すぎるってわけじゃない。

「木村さん……。たとえば服のことでわからないことがあったら、どうする？」

話題を変えたくて、そしてこの煮詰まりきった考えを少しでもだれかと共有したくて、木村さんにたずねてみた。

祖母は私の成長に合わせて細かい部分を工夫していたから、デザイン画の読めない部分にも祖母の思いやりとアイディアが詰まっているはずなのだ。それがわからないと、この服は作れない。

「うーん、ネットで調べるか、詳しい人に聞くか、ですかねえ」

木村さんは首をかしげながらも、ネット世代の若者らしくあっさり答える。

詳しい人、か……。たしかに、だれかに頼るのもひとつの手だろう。このまま延々と考え続けてもひらめく気はしないし。ただ、祖母のデザイン画を見せて自分の境遇を打ち明けてもいい相手となると、かなり絞られる。手っ取り早いのはネットだろうけど、不特定多数に遺品をさらす気にはなれない。

「服に詳しい人って、ショップ店員以外だとだれだろう？」

「やっぱりデザイナーさんとか、自分で作っている人じゃないですかね。オーダーメイドの職人さんって、すごい知識を持ってそうなイメージあります」

「オーダーメイドっていうと、テーラーとか仕立屋か……」

……ん？　仕立屋？　そういえば昔、祖母には仕立屋の知り合いがいたような。

そのとき、私の脳裏によみがえってくる光景があった。表参道の裏路地にある、洋館のような仕立屋。祖母の知り合いのおじいさんがお店をやっていて、幼い私はその人を『お針のおじいちゃん』と呼んでいた。たしか、名字が難しくて覚えられなかったんだ。白髪で、おひげを鼻の下に生やして、ピシッとしたベストとスラックス、白シャツにループタイを身につけていた。『おじいさんなのに、すごくオシャレ』『学校の先生のスーツ姿とは全然違う』って、最初は驚いたんだっけ。

そして、私より数歳上の男の子――おじいちゃんの孫がいて、一緒に遊んでくれたんだ。

祖母にその仕立屋に連れていかれたのは、ほんの数回で、私が小学校低学年のころだった。だとしても、こんな大事なこと、どうして忘れていたんだろう。

そうだ、お針のおじいちゃんなら、デザイン画の相談をするのにうってつけの相手ではないか。祖母の知り合いだし、なんといっても長年その道を歩んできた職人さんなのだ。

ただ、おじいちゃんも祖母と同じくらいの年齢だった。祖母とは東京の洋裁学校で出会ったと言っていたから。今でもご存命ならよいのだけど……。

私は少しの不安を感じながら、次の休みに表参道まで出向くことを決めていた。

高級ブランドの路面店、オシャレなカフェ、そしてオシャレな人々。

表参道を歩くと、つい道ゆく人たちを目で追ってしまう。自分がアパレル店員の腕を存分に発揮してオシャレをしてきても、素敵な人を見つけると『私もイヤリングをああいう感じにすればよかった』とか『やっぱりバッグはあっちの色のほうが合ってたかも』と感じてしまう。

アパレル店員としても刺激をもらえるというか、背筋がしゃん、と伸びる感じがして、表参道は好きだ。

道路の両側に植えられた木々も色づいて、さわやかな風がトレンチコートの裾をひるがえす。ショートブーツを履いた足も思わず軽くなる。

やっぱり私は、秋が一番好きだ。秋服がかわいいからっていうのもあるけれど、オシャレするのに最適な季節だと思うから。

「えーっと、たしかこのあたりを曲がったと思うんだけど……」

ブティックの大きな建物と、その脇から延びた細い横道を何度も見返す。

お針のおじいちゃんを思い出したあと、『表参道　仕立屋』とネットで検索して調べたのだけど、それらしい情報はなかった。よって地図もないので、自分の記憶だけが頼りだ。

「まあ、すぐにたどり着かなくても、一日かけてこのへんを歩いていれば、そのうち見つかるよね」

こんな行き当たりばったりで大丈夫か、と不安になるけれど、自分の記憶を信じて進むしか方法がない。そのために今日は、ヒールの低いブーツを履いてきたのだから。

横道を、ときおり曲がりながら進んでいくと、風景が様変わりしてきた。古着屋さんやカフェ、スイーツのお店が多かった通りが、閑静な住宅街に変わっていく。

マンションもあるけれど、新しめの戸建ての家も多い。こんな場所に家があるなんて、住民はみんなお金持ちなのだろうか。そしてこんなところにお店があるなんて、お針のおじいちゃんの仕立屋って、もしかして高級店だったのかも……？

まだお店があったとしても、仕立ての注文でもないのに訪ねていって大丈夫なのだろうか……。

ここまでの行動力が嘘のように、怖じ気づいてくる。もしかしたら私のことを覚えていないかもしれないし、歓迎されないかもしれない。

気分が暗くなったまま、足だけはのろのろと前進していく。下を向いて歩いていたら、自転車に乗った男性にチャリンチャリン、とベルを鳴らされた。

「あっ、すいません……」

ダメだ、やる前からマイナス思考じゃ。祖母のデザイン画を読み解きたいんでしょ。しっかりしろ、自分。

両頬を手のひらで挟み込むようにして、ぱちんと叩く。深呼吸してから顔を上げると、目の前の風景がキラキラと光って見えた。

「あ、あれ……？」

私、この風景を知っている。あの蔦の絡まった家、『魔法使いの家みたいだね』って祖母と話しながら通り過ぎたんだ。

そして、忘れていた祖母との会話が、頭の中に響いてきた。

『仕立屋『filature』には腕のいい職人がいて、その人の身体に合うだけではなく人生に沿うような服を作ってくれる。一部の人しか場所も知らない店だけど、おばあちゃんはその職人さんとお友達だから知っているのよ……』

すごいね、魔法みたいだね、と私ははしゃぎ、その職人さんと会うのをとても楽しみにしていたんだ。普通の住宅街さえ、魔法使いのお店へと向かう素敵なものに見えていた。

仕立屋の外観も、詳細に思い出してきた。つやつやとした焦げ茶色の壁、大きな板チョコのような扉。ショーウインドウにはトルソーに着せられた華やかなドレスやスーツ、巻き尺や針山が入った洋裁箱が飾ってあって、ひと目でそこが仕立屋だとわかる――。

「ここだ……」

記憶と一ミリも違いのない仕立屋が目の前に現れたとき、息をのんだ。

看板には『filature』と立体感のある文字が書かれ、ショーウインドウにも作品が並んでいる。

「よかった……。まだ、あったんだ……」

懐かしい友達と再会したような気分になって、目頭が熱くなる。しばらくぼうっと店の外観を眺めたあと、よしっと気合いを入れた。

入ろう。ここまで来たんだから。

ドキドキしながら、扉に手をかける。ゆっくり開くと、店内から「いらっしゃいませ」という落ち着いた声が飛んできた。

店内も、外壁と同じダークブラウンの木材でできていた。ぴかぴかに磨き上げられた、飴色の店内。天井から下がっている控えめなシャンデリア。トルソーに着せられた作りかけのドレス、壁にかかった印象派の絵画。蓄音機型の音楽プレイヤーから流れるのはゆるやかな室内楽で、まるで中世ヨーロッパにタイムスリップしたみたいだ。

「こ、こんにちは……」

「いらっしゃいませ」

出迎えてくれたのは、若い男性だ。すらっとした長身、サラサラの黒髪。切れ長の目としゅっとした鼻筋、細い顎から端正な印象を受ける。ちょっと見とれてしまうくらいの美形だった。白シャツとループタイ、濃い色のベストとスラックスという、お針のおじいちゃんと同じような格好をしている。

私が男性の外見に驚いたのと同時に、彼も目を見開いた。

「糸……」

形のいい唇から、ぽつりとつぶやきが漏れる。

「えっ？」

「ああ、すみません。床に糸くずが」

彼はハッとしたあと、腰をかがめて床に手を伸ばした。

「あ、そ、そうですか……」

自分の名前かと思って、思わず聞き返してしまったのが恥ずかしい。

「どうぞ、こちらにお座りください」

クールな表情と身のこなしで、彼は店内にあるテーブルと椅子を指し示す。クラシカルな猫足デザインで、店の雰囲気と合っている。が、客ではないのに座ってもいいのだろうか。

「あ、あの……。昔ここにいた、店主のおじいさんは……？」

迷った末、私は立ったままぎこちなく彼に問いかけた。

「それは祖父のことだと思います。祖父は数年前に亡くなり、僕がこの店を継ぎました」

彼はポケットから名刺入れを取り出すと、一枚取って私に差し出した。片方の袖にだけつけてある、翡翠（ひすい）のカフスボタンが目に入る。

「針ケ谷（はりがや）……紡（つむぐ）、さん？」

名刺とイケメンの顔を交互に見て、名前を読む。

「はい」

そうか、名字が針ヶ谷だから、私は〝お針のおじいちゃん〟と呼んでいたんだ。そしてこの青年はきっと、あのとき私と遊んでくれた、おじいちゃんの孫に違いない。歳も私より数歳上に見える。

「あの……。私、布川糸といいます。祖母とおじいさんが知り合いで、小さいころ何度か伺ったことがあるのですが、覚えていませんか……？」

私がたずねた瞬間、針ヶ谷さんは「ああ」とつぶやき、笑顔に親密さが加わった。

「布川さんのお孫さんですね。小学生のころうちに来て、店の試着室でかくれんぼをして遊んでいた」

「えっ」

「ああ、展示してあるぶかぶかの紳士靴を履いて、転んで泣いていたこともありましたね」

「ええっ」

私、そんなことをしていたの？　たしかにおてんばだった記憶はあるが、ここまで傍若無人（ぼうじゃくぶじん）だったとは。

「よく、覚えているんですね」

単純に感心して出た言葉だったのだが、針ヶ谷さんの眉毛がなぜかぴくりと動いた。

「今、思い出しました」

「はあ、そうなんですか……」

　なんで私の恥ずかしいエピソードばかり思い出すのか疑問だったが、それだけ印象に残っていたのかもしれない。

「……今日は、おばあさまは？」

　祖母と一緒に来ていないことでなんとなく察したのか、針ヶ谷さんは遠慮がちに問いかけた。

「あ……。祖母も、数年前に亡くなりました」

「そうですか……。残念です」

　針ヶ谷さんは沈痛な表情になり、真剣に祖母の死を悼んでくれていることがわかった。

　そして、今祖母の話題が出たのだから、私がここに来た理由を打ち明けるタイミングなのでは？

「あ、あの、針ヶ谷さん」

　渾身の力を込めて話を切り出そうとしたのだが、彼に腰を折られた。

「昔はあなたに〝紡お兄ちゃん〟と呼ばれていたので、名字で呼ばれるのは変な感じがします」

「そ、そうですか？　じゃあ、〝紡さん〟で……」

紡さんはその呼び方で納得したのか、軽くうなずく。

「話をする前に、まずはお座りになってください」

「は、はい。ありがとうございます」

「お茶を入れるのでちょっと待っていてくださいね」とその場を離れ、紡さんは紅茶を入れてくれた。アンティークっぽい華奢なカップが高級そうだ。

「糸さんはもう、社会人ですよね？　仕事はなにをしていらっしゃるんですか？」

私の向かいに座った紡さんがたずねてくる。

「アパレル会社に入社して、今は販売員として働いています」

「そうですか、ご立派になられたんですね」

「いえ、全然そんなことないです……！」

仕事に悩んでいるときに褒められても、なんだか罪悪感がある。大げさに否定したあと沈黙が流れて、私は愛想笑いしながら紅茶のカップに手を伸ばした。

どうしよう。紡さんに相談することも考えたけれど、お仕事じゃないことを相談しにくい……。

しかし、なかなか話を切り出さない私を気遣ってか、紡さんのほうから話を振ってくれた。

「それで、糸さんは祖父になんの用だったんですか？　服の注文をしに来た、という感じではないですし」

私は、仕事の依頼ではないとわかっているのに紡さんがもてなしてくれたことにびっくりする。

「あの、いいんですか？　服の注文じゃなくても、お話しして……」

「うちにはお茶を飲んで世間話をしていくだけのお客様もいるんです。気にしなくていいですよ」

「ここで世間話、ですか」

こんな老舗の高級店でも、世間話に付き合ってくれるということが驚きだった。たしかに紡さんは物腰が柔らかく、どんな話でも受け止めてくれそうな安心感がある。加えてこの美形さだから、女性のお客様だったらついつい長話してしまいそうだ。

だったら、お言葉に甘えてもいいのかな……？

「あの、実は私、祖母のデザイン画について相談しに来たんです」

思い切ってボストンバッグから取り出したのは、ファイルに挟んだ祖母のデザイン画と、実家に残っていた子ども服。

祖母が私に作ってくれたものを母がとっておいてくれたので、こちらも形見分けでもらってきたのだ。デザイン画だけでなく、実際に祖母が作った服があったほうがわかりやすいと思って持ってきた。

デザイン画〝1〟のチュニックワンピースから〝4〟のシャツまで四着だ。

紡さんは子ども服を手に取ってしげしげと観察したあと、感嘆の息を吐いた。

「これは……よくできていますね。売り物と比較しても上等です。おばあさまが作ったのですか？」

「はい。先日祖母の部屋を片付けていたら、祖母の描いた古いデザイン画も出てきたんです」

「デザイン画ですか……。そちらも見せてもらえますか？」

「はい、もちろんです」

私がデザイン画の束を渡すと、紡さんは真剣な眼差しで一枚一枚目を通していく。興味深そうに輝いていた目が、最後の一枚を見たとたんに曇る。

「これは……。明らかに最後の一枚だけ、読めない部分がありますね」

「はい。相談というは、その読めない部分のことなんです」

私は紡さんに、祖母は私の成長に合わせて服に工夫をしてくれていたこと、最後のデザイン画にもそういう部分があるはずだということ、それを読み解いて服を完成させたいという話をした。

「この最後のデザイン画は、いつごろ描かれたものなんですか？」

「私が大学に入ってすぐ祖母が入院したので、その前だと思います」

「そうですか……」

紡さんが、難しい顔で考え込む。

「あの、時期がなにか……？」

「この子ども服は、ポケットが多かったり膝の部分に当て布があったりと、工夫が具体的です。おそらく、おばあさまが直接糸さんの様子を見ていて、あなたの性格や個性に合わせてデザイン画を描いたのでしょう」

「はい……。おそらく、そのとおりです」

「しかし、この〝6〟のデザイン画は――スーツの次だから社会人になった糸さんに向けた服だと思いますが、今までと違って、おばあさまはあなたの未来の姿を〝想像〟して描いたことになります」

「未来の姿を、想像して……？」

そうだ、高校生のときの私は、大学を選ぶので精いっぱいで、具体的な就職先のことまでは考えていなかった。デザイナーになりたい、服を作る人になりたいと、ぼんやり思っていただけで。そんな時期に、祖母はどんな私の姿を想像していたのだろう。

「いいおばあさまだったんですね。服を見ているだけでわかります。あなたのことをよく理解して、愛していた」

「はい……。ありがとうございます」

紡さんが眼差しを優しくほころばせていて、思わず胸がじーんとしてしまった。

「このデザイン画に込められた工夫について、私もすぐにはわからないので、時間をいただいてもいいですか？　それと、念のためこちらをコピーさせてください」

「はい、もちろん。……って、紡さん、協力してくださるんですか？」

「はい。おばあさまは祖父の大事な旧友でした。その孫である糸さんが困っているのを、黙って見過ごすわけにはいきませんから。それに、デザイン画を見るだけなら大した手間ではないので、気にしないでください」

「あ、ありがとうございます……！」

全部のデザイン画をコピーしたあと、紡さんは子ども服もすべて写真に撮っていた。

話も一段落したあとお客様がやってきたので、私は何度もお礼を言ってお店をあとにした。

「ふう……」

表参道の大通りに戻ってから、やっと現実に帰ってきた気がして私は息を吐いた。中世ヨーロッパのようなお店の雰囲気といい、とびきりのイケメンといい、魔法にかけられたみたいだった。

それにしても、紡さんは『大した手間ではない』と言っていたけれど、子どものころ何度か会っただけの、〝知り合い〟とも言えないような私のめんどくさい頼みを聞いてくれるなんて、すごく優しい人なんだな。

そんなことを考えながら、私は行きよりも軽い足取りで、駅までの道を歩いた。

アパートに帰り、ボストンバッグから子ども服を取り出しながら、着ていた当時のことを思い出す。

デザイン画〝2〟〝3〟の服は、私が幼稚園と小学生のころの服だ。〝2〟のズボンは伸縮性のある生地でできていて、膝に当て布がしてある。木登りが好きで、家の庭にある木にしょっちゅう登っていたので、祖母がどれだけ遊んでも破れないようなズボンを作ってくれたんだ。

〝3〟のスカートのポケットには、スナップボタンがついている。先生からハンカチとティッシュを毎日持ち歩くように言われていたのだけど、そそっかしい私はよく落としてなくしていた。それで母に怒られていたのを見かねた祖母が、ポケットにボタンがついた服を作ってくれたのだ。『糸ちゃん。ハンカチを入れたあとこのボタンを留めれば、たくさん動いてもなくさないからね』そう言って、優しい顔でボタンの留め方を教えてくれたおばあちゃん。それから私は落とし物をしなくなって、母から褒められるようになった。

「本当に、おばあちゃんは私のことをよくわかってくれていたんだな……」

しみじみとつぶやき、紡さんの言葉を思い出す。

「おばあちゃんは、大人になった私の姿を想像して、〝6〟のデザイン画を描いたんだろうって言ってたよね……」

木登りが好きだからこういうデザインにしよう、落とし物をしないようにこういう工夫をしよう、っていうのと同じように、『きっと糸ちゃんはこういう大人になっているだろうから、こういう工夫をしよう』って……。

祖母が想像していた、〝今〟の私の姿は、どんなものだったのだろう。それを知ることが、デザイン画の謎を解く鍵になっていると思った。

それから私は毎日、祖母との記憶を回想してメモ帳に書き留めるようになった。祖母とした会話とか、日常での出来事とか。

それでも、思い出すのは印象に残っていることばかりで、新発見はあまりない。そこで私は、私と祖母の一番近くにいた人の記憶も借りることにした。

「もしもし、お母さん？」

仕事が早番の日、夕飯のあとに電話をすると、母は驚きながらもうれしそうな声を出した。

「あら、どうしたの？　この間帰ってきたばかりなのに」

「うん、あのね……。今、おばあちゃんとの思い出を書き留めているの。それで、お母さんが覚えてるエピソードってないかなって思って。たとえば、私とおばあちゃんがしていた会話とか」

「ふたりの会話ねえ。そんなの、いっぱいあるけど」

いっぱいあるのか。やはり母親の記憶力は侮れない。

「じゃあ、私が大学に入る前くらいだと、どう？　私、進路のことっておばあちゃんに相談してたっけ？」

母はうーん、と考え込んだあと、「相談、っていう感じじゃなかったけど」と前置きした。

「糸、大学の合格発表のあとね、入院しているおばあちゃんに報告しながら『私、将来おばあちゃんみたいにお洋服を作る人になる！』って言ってたのよ」

「おばあちゃんみたいに……？」

面会に行ったときのことだろうけれど、私は覚えていない。きっと合格して舞い上がっていたのだろう。

「それを聞いておばあちゃん、すごくうれしそうにしていてね。糸がひとり暮らしをするのは寂しいけれど、応援しなきゃねって……。そういえば、次にお見舞いに行ったときに、紙に鉛筆でなにかを書き付けていたわね。私が『それなに？』ってたずねても、すぐ隠して教えてくれなかったけど」

「えっ！」

きっとそれは、最後のデザイン画だ。

「そ、その紙ってどうしたの？　お母さんが預かった？」

「ううん。亡くなったあとに病室を整理していても見つからなかったから、一時退院のときに家に持ち帰ったんじゃないかしら」

「そっか……」

そのときにきっと、あの束をまとめて引き出しにしまったのだろう。それから五年以上引き出しが開けられることはなかったから、紙が傷んでしまった。

「お母さん、ありがとう！　すごく助かった」

私はお礼を言って電話を切る。ジグソーパズルの最後のピースをはめるときみたいに、胸がドキドキしていた。

じゃあ祖母は、私は将来、服を作る人になるって信じていてくれたんだ。デザイナーでも、アパレル販売員でもなく、おばあちゃんと同じお針子になるって。

じゃあ、あのデザイン画に書いてあった『〇〇子の服』って、もしかして――。

その事実に気づいた瞬間、体温が急激に上がる気がした。

次の休み、また紡さんに会いに行かなくちゃ――。そのときこそきっと、デザイン画の謎は解ける。

その夜はドキドキと興奮で、なかなか寝付くことができなかった。

シフト休みの平日。前回はあわただしく去ることになったので、今度はしっかり電話でアポをとってから、仕立屋『filature』を訪ねた。

「こんにちは」

お客様の予約が入っていない時間の訪問のはずだったのだが、扉を開けると話し声が聞こえてきた。

テーブルセットでは、ラフな格好をしたおばさんと紡さんがお茶を飲みながら会話していた。おばさんがはしゃいだ表情で話しかけ、紡さんは微笑みながら相づちを打っている。

「あら、お客さん。紡さんごめんなさいね、ついつい長居しちゃって」

「いいえ、知り合いだから大丈夫です。――すみません糸さん、少し待っていてください」

紡さんは立ち上がり、私に目配せする。その表情が接客用とは違う親しみのある笑顔だったので、素の彼を見たようでドキッとする。

「あっ、はい」

入口扉から離れ、壁のほうに移動してふたりの会話に聞き耳をたてる。

「じゃあ、こちらのスラックスはお預かりしておきますね。裾上げが終わったらお電話します」

「いつも無料でやってもらってありがたいわあ。じゃあこれ、うちの家庭菜園でとれた野菜だから。お代がわりにもらってちょうだい」

テーブルの上に目をやると、バスケットに大量の野菜が入っていた。どれも新鮮でおいしそうだ。

「こちらこそ、いつもお気遣いありがとうございます」

おばさんは、私に会釈し、紡さんに手を振りながら帰っていった。

「裾上げ、無料でやっていらっしゃるんですね」

私が話しかけると、紡さんは「ええ」とうなずき、バスケットと紅茶のカップを店の奥にしまいに行った。私用の新しい紅茶を持ってきてから、紡さんは詳しく説明してくれる。

「お得意様や近所の人からのボタン付けやサイズ直しはサービスでやっているんです。祖父の代から続けていることなんですよ」

「仕立屋さんって、どこもそうなんですか?」

紡さんの向かいに腰かけ、紅茶のカップに口をつけると、アールグレイの香りがふわりと漂った。

「いや、普通は代金をいただくと思います。うちはただおしゃべりに来るお客様も多いですし、祖父はお客様を大事にする人でしたから」

「表参道にあるし、外観も高級感があるのでびっくりです。もっとハードルが高いと思っていました」

知る人ぞ知る老舗の仕立屋、というイメージとはかけ離れている。

「仕立屋はただでさえハードルが高いので……。だれでも、いつでも気軽に来られるようにしないと、余計に足が遠のくでしょう？」

　言われてみれば、小学生だった私が店内で遊んでいても怒られなかったのだから、見た目どおりの高級店ではなかったのだろう。

「たしかに、そのとおりですね。でも、ホームページもない知る人ぞ知るお店なのは、どうしてですか？」

「職人ひとりでやっている店なので、さばききれる仕事量にするために宣伝はしないというのが祖父のポリシーでした」

「なるほど……」

　有名人のお客様も多く来るお店、と祖母は言っていた。そういった事情だったから、近所の人と一部のお客様、という二極化になったのだろう。

「それで、今日のお話は？　電話だと、デザイン画の謎がわかったかも、ということでしたが」

「あっ、そうなんです」

　私は母に聞いた祖母との会話、そこから気づいたことを紡さんに説明した。

「――それで、ここの題字の部分は、『お針子の服』ではないかと思うんです」

　驚くかと思った紡さんは、予想していたような落ち着いた表情でうなずいた。

「私も、デザイン画を見ていて気づいたことがあります。ポイントは、袖とこの部分にあるのではないかと」

紡さんが、コピーした〝6〟のデザイン画を指し示す。そこには赤ペンでメモがたくさん書いてあって、この一週間で紡さんがどれだけ真剣に祖母のデザイン画と向き合ってくれたのかがわかった。

「巻きスカート部分、ですか？」

紡さんの人差し指は、スラックスの上にある巻きスカートの上に乗っている。しかし、紡さんはゆっくりと首を横に振った。

「いえ、巻きスカートのように見えますが、これは腰巻きエプロンだと思います」

「エプロン……？　あっ……！」

シンプルな白いブラウスに黒いスラックス、黒い腰巻きエプロン。そう考えると、このデザイン画は仕立屋の制服のように見えてくる。この店に立っていても、おかしくないような。

「文字が薄くなって読めないメモの部分ですが、これはポケットを多くつけようとしていたのではないかと」

「ポケット……ですか」

前面の、デザイン画から見えるところにもひとつポケットがついている。それ以外にもいくつか作ろうとしていた、ということだろう。

「仕立ての仕事をしていると、ポケットがたくさん必要になります。いったん糸をしまいたいとき、針を針山に刺したいとき……。裁縫箱は邪魔にならない場所に置いておくので、ポケットにしまえると便利なんです」

「そうか……、プロは大きな作業台を使いますもんね……」

祖母は畳の部屋で縫い物をしていたから、いつも手元に裁縫箱を置いていた。でも仕立屋だとそうはいかない。トルソーに着せながら、またはお客様に試着してもらいながら作業するときもあるのだ。そんなときポケットがたくさんあったらたしかに便利だ。

「そして、もうひとつのメモの部分ですが、袖の近くにありますよね？」

「そうですね」

メモから延びた矢印部分は、ちょうど肘あたりを指している。

「おそらく、袖止めをつけようとしていたんじゃないですか？　このような」

紡さんはスラックスのポケットから小さなベルトのようなものをふたつ取り出し、それを腕に通した。

「長袖のブラウスを着ていると、縫い物をするとき邪魔ですよね。袖口を折るのは見栄えが悪いし皺になるので、袖をたくし上げてからこうやって留めるんです」

ゴム生地でできている袖留めは、紡さんの肘上でぴったりと留まっている。

「すごい……！　きっとそうですよ！　どうしてわかったんですか？」

「祖父が使っていたからです。これが縫い物用の服だとわかったとき、袖にする工夫といったらこれしか思い浮かびませんでした」

「あ……」

ぱあぁ、と上がっていたテンションが一瞬でしぼむ。

「じゃあ、紡さんは、このデザイン画が『お針子の服』だと、すでに気づいていたんですね……」

縫い物用の服だとわかったのは、私が店に来る前のことだろう。いや、もしかしたら電話でアポをとったときにはすでに、わかっていたのかもしれない。

紡さんのすごさに感心すると同時に、自分がまったく役に立てなかったことに気づいて落ち込む。

祖母のデザイン画の謎が解けたのだから素直に喜べばいいのに、そうできない自分が嫌いだ。祖母との思い出に向き合ったこの一週間が、なくなるわけじゃないのに。

「いや……、そうではありません」

彼は真剣な眼差しを私に向け、言い聞かせるように話し始めた。

「糸さんのおばあさまがしそうな工夫をいくつか思いつきはしましたが、どれも確信には至りませんでした。あなたの話を聞いてやっと、この説に自信が持てたんです。お針子の服を作るなら、あなたのおばあさまは最も身近な職人——つまり祖父を参考にデザインをするのではないかと」

「紡さん……」

落ち込んだなんて言っていないのに、紡さんは私の様子から察して、なぐさめてくれた。私の話がなかったら謎は解けなかったと。

私は、いつの間にか目尻ににじんでいた涙を指でぬぐった。

「紡さん、ありがとうございました。これでやっと、祖母のデザインを形にできます」

「そうですか。お役に立ててよかったです」

満足そうにうなずく紡さん。その短い返事で、私は彼との縁がここで切れることを実感した。

もう、私の用事はすんでしまった。オーダーメイドを頼む予定もないし、この店に来るのはこれで最後だろう。

それが寂しいと感じるのはどうしてだろう。もうここには来られないと考えるだけで、胸が引き裂かれるような気持ちになるのは。

「祖母の墓前に報告しますね。紡さんに手伝ってもらったこと。あのそれで、お代は——」

バッグに手をかけると、紡さんは「いりません」と首を横に振った。

「服を仕立てたわけじゃないのでいただけません。ボタン付けや裾上げと同じ、サービスです」

「でも私、お得意様じゃ……」

「子どものころからこの店に来ているのですから、立派なお得意様です」

優しく目を細めたその笑みが、昔遊んでくれたお兄ちゃんに重なる。

「本当に、ありがとうございました」

扉を開けて見送ってくれた紡さんに、深々と頭を下げる。

「はい。糸さんも、仕事をがんばってください。希望の職につけたんですよね？」

「……はい」

私は、今の仕事に不満や迷いがあることを紡さんに話していない。なぜだか、打ち明けられなかった。たった二回の訪問で告げるには、重すぎる話題だったからかもしれない。そして、紡さんには少しでも前向きな自分を覚えておいてほしかったのかも。

道路に出て、扉の閉まる音を聞いてから、振り返る。店はそこにあるのに、来たときよりもなんだか遠い。

「……もう、魔法は解けたんだよね。仕立屋『filature』が見せてくれた魔法は」

祖母のデザイン画に向き合っている間は、自分の問題に目を向けずにすんだ。どこかふわふわした、高揚した気持ちでいることができた。

でも、それも今日まで。これからは、自分に向き合う時間だ――。

そして、後日。久しぶりに行った裁縫用品店で、布やボタン、ファスナーなどを買い、私は作業に取りかかった。まずは型紙を起こすところからだけど、エプロンは型紙がなくても作れるし、ブラウスとスラックスは大学時代に作ったものがあったので、それをアレンジすることにした。布の裁断が終わったらいよいよ縫う作業だが、これも大学時代から使っているミシンがあるから問題ない。アパートなので一応ミシンの音を気にして、休みの日や早番の日に縫い進めることにする。

「うん、だいぶ形になってきた」

あとは細かい部分を残すだけになった服たちをベッドの上に並べ、満足げに息を吐く。服作りなんてしばらくしていなかったが、ちゃんと手は覚えていた。一度身になったものは簡単に消えたりしない。それがすごくうれしくて、指貫をはめた自分の手が愛しく思えた。

「やっぱり、楽しいな……。服を作るの」

接客も好きだけど、裁縫にはそれとは違う達成感がある。それは私にとって、ほかのなにものにも代えがたかった。

ただ、仕立屋『filature』にはその両方があったんだよな、と紡さんの姿を思い出す。接客から仕立てまでを全部こなし、お客様のちょっとした困りごとにはサービスで対応し、気軽におしゃべりしに行ってもいいお店。そして、魔法のようなときめきを与えてくれる場所。

紅茶の香りと室内楽、アンティーク家具で彩られたあの店には、魔法使いがたしかにいたんだ。針と糸を使う魔法使い。

私のやりたかったことって、あんなお店でお洋服を作ることだったんじゃないかな。紡さんに悩みを打ち明けられなかったのは、うらやましかったからじゃないの？

もしかしたら――、『filature』を思い出した時点で、私はそれに憧れを抱いていたのかもしれない。閉じ込めていた気持ちが、ミシンを踏むたびにあふれ出す。針に糸を通し、ボタンを縫い留めるごとに、頭がどんどんクリアになって、本当の願いだけが残る。

私が本当にやりたいこと。これから、どうしたいか。

「やった……完成した！」

作り始めてから、二週間。やっと、祖母のデザイン画である『お針子の服』が完成した。

「うん、ぴったり！」

完成したブラウスとスラックス、エプロンを身につけて姿見の前に立つ。

読める部分に書いてあったとおり、白いブラウスはハリのある素材で作り、スラックスは光沢感と高級感のある布で。エプロンは厚手にして、針を間違ってポケットに入れても身体に刺さらないようにした。前側にひとつ、両脇と後ろ部分にもポケットを付け、前側はチャコペンなどを挿せるよう、ポケットの中にペンホルダーのような部分を作った。

両脇にあるのはスカートにあるような隠しポケットなので、巻き尺などの大きなものでも入るように深めに。自分で使いやすいように工夫を加えていったのだが、それがきっとデザイン画の正解なのだと思えてきた。だって祖母は、私のための服を描いてくれたのだから。

デザインだけだと美容師のユニフォームのようにも見えたが、生地とサイズ感にこだわったおかげで、ちゃんとお針子に見える。

これでやっと、祖母のデザイン画を形にするという最初の目標が叶った。

「あとは、もうひとつ……」

私には、やらなければいけないことがあった。

「おはようございます！」

服が仕上がってから数日後。開店前に『filature』の扉の前で待っていると、私に気づいた紡さんが目を見開いた。店内で会うときはベストにスラックス姿なので、グレーのトレンチコートの上に紺チェックのマフラーを巻いている姿が新鮮だ。

「糸さん？　どうしてこんな時間に？」

白い息を吐きながら近寄ってくる紡さん。

秋もだいぶ深まったので、マフラーを巻いていても耳が冷たい。私の鼻はすっかり真っ赤になり、トナカイのようになっていた。そんな私の様子を見て、紡さんは「いつから待っていたんですか？」と心配してくれた。

「実はあの、見せたいものがあって」

「見せたいもの……？」

「はい、これなんですけど」

私がチェスターコートの前をバッと開けると、紡さんはなにを勘違いしたのか「うわっ」と手で顔を覆う。

「あの、祖母のデザイン画が完成したんです」

「……えっ？」

紡さんは指の隙間から私を見て、そのあとそろそろと目隠しを外した。綺麗な顔があらわになった瞬間、紡さんは「ああ……」と感嘆の声を漏らす。

「あのデザイン画から想像した通りです。この短期間でよく完成させましたね」

「作り始めると夢中になっちゃって。休みの日とか、朝から晩までずっと作業していました」

ふふっと笑うと、紡さんも「その気持ちはわかります」と顔をほころばせてくれた。

その後、紡さんに促されてエプロンをよく見せる。ポケットを自分で工夫したところを褒めてくれた。

ひととおり服を見終わったあと、紡さんは姿勢を正してマフラーに手をやった。

「それで……、糸さんはわざわざこれを見せるために、朝からここで待っていたんですか？」

私は黙って首を横に振る。見せるだけなら、昼間に来ればいい。わざわざ開店前を狙い、紡さんがいつ出勤するかわからないから早く来すぎて、一時間以上待っていたのには理由があった。

「いいえ、違います。今日は紡さんにお願いがあって来ました」

お願い、と聞いた瞬間、紡さんの表情に力がこもる。デザイン画の謎は解けたのに、まだなにかあるのかといぶかしんでいるのだろう。しかし、ここでひるむわけにはいかない。

私は、深呼吸して息をすうっと吸い込むと、紡さんに向かって深く頭を下げた。

「私を、ここで雇ってください！」

「なっ……？」

たっぷり間をとったあと顔を上げると、紡さんは目を見開いて私を凝視していた。

「し……仕事はどうしたんですか？　アパレルの販売員でしたよね？」

珍しく言葉をつっかえているので、紡さんがそうとう焦っているのがわかる。

「やめてきました！　自分が本当にやりたいことは違うって、やっとわかったので」

すでに退職願いを出し、あとは有休を消化するのみになっている。木村さんには『寂しいけど、布川さんが決めたことなら応援します！』と涙を浮かべながら告げられた。

「就職していると聞いて安心していたのに、なんでこんなことに……」

紡さんはよろけると、額を押さえた。はーっという深いため息には困惑がたっぷりにじんでおり、胸がズキンと痛む。

いきなり訪ねてこんなことをお願いしても歓迎されないのはわかっていた。ダメでも何度かアタックしてみようと決めているが、拒絶されるのはやっぱりつらい。

「あの……、やっぱり、ダメですか？」

断られるだろうと予想してたずねたのだが、紡さんから帰ってきたのは予想外の言葉だった。

「……見習いからだ」

「えっ？」

聞き返すと、紡さんは腕を組み、射るような視線をこちらに向けている。今までの温厚さのかけらもない口調と表情に一瞬たじろいたが、今はそれどころではない。

「だから、見習いからなら雇ってやると言っている」

「ほ、本当ですか！」

興奮して思わず前のめりになると、紡さんに「声が大きい」と注意された。そうだった、ここは早朝の住宅街だった。

「ちょうど、助手が欲しかったところではあるからな……。ただ、最初は給料も安いし、休みは定休日のみで週一日だ。今までよりハードだと思うが、それでもいいのか？」

「はい、もちろんです！　むしろ今日からでもＯＫです！」

服を作る技術はまだまだだし、ブランクもある。仕立屋の仕事の経験もない。研修期間は無給でも仕方ないと思っていたくらいだ。

「じゃあ、これからは従業員として扱うからな。とりあえず中に入れ、い……布川」

「はい！」

裏口から入り、お客様側からは見えない作業場――工房のような部屋に連れていかれる。

「うわあ……！」

店舗内と同じ、飴色のクラシカルな家具で統一された工房には、大きな作業台とミシン机、トルソーに飾られた作りかけのドレスなどが置かれている。

壁にピンで留められたデザイン画や、作業台に広げられている型紙、布に刺さったまち針……。整理整頓はされているけれど雑然としている様子が、ここが〝生きている〟作業場だということを実感させ、気持ちが高揚していく。

興味津々で眺めていると、コートを脱いだ紡さんが戻ってきた。

「とりあえず今日は俺の準備ができていないから、これを飲んであったまったら帰れ。君を雇う手続きが終わったら連絡するから」

「はい、ありがとうございます」

手渡されたのは、ぽってりしたカップ。中身はほかほかと湯気の立ったココアだった。近くに木でできたスツールがあったので、そこに腰かけさせてもらう。甘くてあったかい飲み物に口をつけると、寒くてこわばっていた身体がほどけてゆくようだった。

そういえば昔、ここでおいしいココアを紡さんに入れてもらったことがある。ポットのお湯で作るのではなく、きちんとミルクパンを使って牛乳を沸かしていて、数歳上の紡さんがたいそう大人っぽく見えたっけ。

そのときと同じ優しい味がして、私は開店準備をする紡さんの背中に目を向けた。紡さんの名前は忘れていたけれど、こんな細かいことは覚えている。小学校高学年だった紡さんなら、当時の記憶がもっとはっきりしているのでは。

「紡さん」

「なんだ？」

呼びかけると、紡さんは作業を続けながら返事をする。

「最初に会ったとき、私を見て『糸』って言いましたよね。そのあと、床に糸くずが落ちていたって拾ってましたけど、あれは嘘で、拾ったふりをしただけなんじゃないですか？」

紡さんはぴたりと動きを止めると、ゆっくり振り返って私を見た。

「……どうしてそう思う」

「だって、ここの床はいつ来てもぴかぴかです。細かそうな紡さんが、糸くずを見逃すとは思えませんもん。それに、もし糸くずが落ちていたとしても、紡さんはお客様の前では拾わないだろうなって」

きっと紡さんは、お客様の前ではスマートに振る舞っているはず。ならば、お客様が気づかないようそっと拾うはずだ。決して、『糸くずが落ちている』なんて宣言したりはしないだろう。

「私のこと、覚えていてくれたんですね。ありがとうございます。名字じゃなく、糸って呼び捨ててくださっていいですよ。祖母がつけてくれた名前なので、私もそのほうがうれしいです」

なんだか気まずそうに咳払いしたあと、紡さんは目を逸らしてつぶやく。

「……覚えていたのは、うちの店名と同じだったからだ」

「えっ？」

「filature――フランス語で『紡ぎ糸』。素晴らしい装いは人と人をつなぐものだと考えていた祖父がつけた名前だ。糸を紡ぐように、お客様との縁も紡いでいけますようにと……」

紡ぎ糸。『糸は人と人をつなげてくれるものだから』という祖母の言葉と重なった。

「素敵な名前……。そうか、だから紡さんの名前が〝紡〟なんですね」

「俺の名前は祖父がつけてくれた。君のおばあさまが〝糸〟とつけたのは、この店の名前にあやかってくれたんだろうな」

「そうだったんですか……」

私は生まれてすぐ、縁を紡いでいたんだ。仕立屋『filature』、そして紡さんと――。

立ち上がり、飲み終わったカップをスツールに置く。

「紡さん。私これから、一生懸命がんばります。ご指導、よろしくお願いします！」

がばっと頭を下げてから手を差し出すと、紡さんは一瞬ためらったあと、力強く手を握ってくれた。

「こちらこそ、よろしく頼む。手加減はしないで厳しくいくからな」

「はい！」

糸だけでは、なにかをつなげることはできない。そこには、針を持って紡いでくれる人がいないと。

よく晴れた秋の日。私、布川糸はやっと、自分の人生の針が進むのを感じていた。

二着目　推しに捧げる服

「お、おはようございます！　今日からよろしくお願いします！」

　助手として、仕立屋『filature』に雇ってもらうことが決まった数日後、初出勤を迎えた。私はすぐに働く気でいたのだが、紡さんに数日待つように言われたのだ。

　気合いを入れて挨拶をしたのだが、工房で開店作業をしていた紡さんはこちらに軽く視線を向けて、「よろしく」と返しただけ。私と紡さんの温度差にテンションが下がる。

「ええと、まずはなにをしたらいいですか……？」

　コートと鞄は更衣室に置いてきた。メモ帳とペンも腰巻きエプロンに入れて、仕事を覚える準備はばっちりなんだけど……。問いかけると、紡さんが軽く手招きをする。

「こっちに来て、俺の前に立ってみろ」

「え？　はい」

　お針子の服を着た私は、紡さんの意図がわからないまま言われたとおりにする。紡さんは顎に手をやりながら、品定めするように私をじっと見た。上から下まで観察されているようで、思わず息が止まる。

「ブラウス、スラックス共に皺はないな。アイロンをかけたのか？」

「あ、はい。昨日の夜に……」

「ブラウスは予備を何着か作っておけよ。毎日アイロンをかけるか、もしくはクリーニングに出すように」

「わ、わかりました」

この数日間で同じブラウスを一着作っておいたのだが、毎日取り替えるとなったらもう一着あったほうが安心だ。スラックスの予備と一緒に作っておこう。

「髪もちゃんとまとめているな。ローファーの汚れもない。……よし、服装は合格だ」

キリッと細められていた紡さんの目がゆるむ。私はほーっと息を吐き、胸に手を当てた。

「よかった……」

この店に立つにはきちんとした格好でないといけないと思い、靴を磨いてまとめた髪も崩れないようにセットしてきた。メイクはアパレル時代よりもおとなしめだけど丁寧に。どこかしらダメ出しされると覚悟していたのだが、これでひと安心だ。

「じゃあ、これを胸元につけろ」

紡さんが渡してきたのは、『布川糸』と書かれた長方形の小さなバッジ。

「これって……ネームプレート？」

「従業員がふたりになったから、お客様から名前を覚えてもらうためにも必要だろう。俺の分も作った」

数日前にはなかったネームプレートが、紡さんのベストの上についていた。

「わざわざ作ってくださったんですか。ありがとうございます」

これを作っていたから、初出勤までに数日かかったのか。さっきは温度差があると感じたけれど、紡さんなりに私を歓迎してくれているんだな。

「いや、礼を言われるほどのことではない」

紡さんは私から目を逸らして答える。こういうときは、機嫌が悪いのではなく照れているんだな。上司モードの紡さんは感情を読み取りにくいけど、だんだんわかってきた。

「さっそくつけてみますね。……痛っ」

安全ピンを外して胸元につけようとするが、うまくできずに針で指を刺してしまう。

「なにしてるんだ……。貸せ」

「えっ」

紡さんは私の手からネームプレートを奪い取ると、腰をかがめて顔を近づけてきた。

ち、近い。綺麗な顔が、見上げたすぐ先にある。サラサラの前髪が伏せた目にかかっていて、柑橘系のいい匂いがする。

「できた」

「あっ……ありがとうございます」

ドキドキしている間に、紡さんは私のブラウスにネームプレートをつけ終わっていた。さわられた感覚も、布を引っ張られた感覚もなかった。さすが仕立職人だ。それはいいのだけど、紡さんは私に触れることになんのためらいもなかった。私ばっかり意識しているみたいで、なんだか悔しい。

モヤモヤしていると紡さんと目が合ったので、反射的にビシッと〝気をつけ〟をする。

「じゃあまずは、工房と店舗スペースの掃除をしながら物の場所を覚えてくれ。掃除用具入れはあそこだ」

「は、はい！」

そしてこの日から、私の仕立屋勤務が始まったわけだが……。

「糸！　窓枠掃除が甘い！　埃が残っているぞ」

「拭き掃除が足りない！　店の床はツヤが出るくらい磨け。テーブルと、椅子の背も同様だ」

「は、はい！」

手加減はしない、という宣言どおり、掃除だけで逐一怒られている。「糸！」と呼ばれるだけで条件反射でびくっとしてしまうくらいだ。紡さんはただでさえ冷たさを感じる美形なので、鬼上司っぷりが板につきすぎている。従業員になる前の態度と差がありすぎるので、こちらが本性でふだんは猫をかぶっているのでは、と感じるほどだ。

今日はお客様へのお茶出しもやらせてもらったのだが……。

「こちらのお客様は、旦那様のほうがコーヒー、奥様が紅茶をお好みだ。コーヒーの銘柄はキリマンジャロでブラック、紅茶はダージリンで、レモンと砂糖をつけてくれ」

というように、キッチンにはコーヒーと紅茶が銘柄別にぎっしり並んでいた。配置を覚えるだけでもひと苦労だ。そしてさらに……。

「この主婦のお客様は近所の方で、よくおしゃべりしに来店するから覚えておくように。出すものはほうじ茶か玄米茶で、おかきもつけるように」

という場合もあるので、日本茶や中国茶もひととおり揃っている。

「一回で覚えろ。同じお客様が来店しても、次は教えない」

と言われたので、私はお客様の名前と特徴、好みを逐一メモしていった。こういった顧客メモを作るのは販売員時代もやっていたので得意な分野だが、それにしても紡さんの記憶力には脱帽だ。

次の日からは、サービスでやっているボタン付けや裾上げの仕事を任せてもらえた。ボタン付けひとつとっても紡さんの仕事は丁寧なので、とても緊張した。いつも紡さんに仕上げてもらっているお客様に、『あら、今回はなんだか雑ね』と思われたらお店の評判に関わるからだ。まあ、そうなる前に紡さんが必ずチェックをし、できが悪い場合は『やり直し』と無慈悲に告げられるから、杞憂だったのだが。

紡さんが工房にこもって服を作っている間は見学させてもらっている。最初はとにかく〝見て覚えろ〟というわけだ。もちろん見ているだけで勉強になるし、すごく楽しい。ミシンを踏んでいる紡さんの横顔は真剣で、驚くほどの速さで布に命が吹き込まれていく様子は魔法のようだった。こんなすごい人から、いちから仕立ての仕事を教えてもらえるのは、とても贅沢で恵まれていることだって見習いの私でもわかる。

――でも、仕立ての注文にはまだ関わらせてもらえない。一日中お店にいても、サービスの仕事がなく紡さんが接客をしている間はやることがない。

空いている時間は自分の勉強をしてもいいと言われたので、仕立ての本を読みながら縫い物の練習をしたりしているが、こんな感じでお給料をいただいてもいいのだろうか……。今の私は、ほとんど店の役に立っていない。

どうしたら、もっとたくさんの仕事を任せてもらえるだろうか。見習いだといっても、もっとできることがあるのでは？　それを任せてもらえないのは、やっぱり私がまだまだ未熟だからなのかな。

「掃除だって、まだ注意されるくらいだもんね。危なっかしくてお客様の対応をさせてもらえないのは、当たり前か……」

仕事終わりに悶々としたまま電車を降り、帰宅途中にあるカフェに寄る。今読んでいる仕立ての本がもう少しで読み終わるので、集中できる環境で読み切ってしまいたかったのだ。

クリスマスが近いので、店内にはミニツリーが飾られ、電飾がぴかぴかと輝いていた。壁にも赤と緑のガーランドがかかっている。

「えーっと、ホットの紅茶をひとつ」

なるべく安いドリンクを注文してから本を開くと、隣のテーブル席の男性が目に入る。ゆるっとしたパーカーを着て、マッシュルームカットを茶色に染めた今時の男の子だ。スケッチブックを広げて、なにか絵を描いているようだ。

まだ若そうだし、美大生なのかな。カフェの店内をスケッチしているのかな？　と思ってこっそり手元をうかがうと、そこに描いてあったのは見慣れた構図のイラストだった。

「これって……デザイン画……？」

無意識に声に出してしまい、男の子とバチッと目が合う。

「あ、ご、ごめんなさい。勝手に見てしまって」

焦って謝罪をすると、彼は私の読んでいた本に目をやってから、こちらに向かって身を乗り出した。

「あの。あなたは、服作りに詳しいんですか？」

「え？　ええと、一応……」

プロのデザイナーではないのに『わかる』と言ってしまっていいものなのか。迷いつつも、真剣な様子の彼に曖昧な返事をする。

「あのっ。でしたらちょっとこれ、見ていただけませんか」

「ええっ？」

意外な申し出に困惑するものの、男の子の熱意に押されて席を移動する。向かいに座った私に彼は「お願いします」とスケッチブックを寄せてきた。

「じゃ、じゃあ、失礼して……」

なんでこんなことになっているのだろう、と頭の中にはてなマークが浮かびながらも、スケッチブックのデザイン画に目を通す。前後に加え、横から見た図も描かれた三面図だ。私たちの描くデザイン画と違うのは、アニメっぽいキャラの顔がついているところだ。

隣の席から見たときは細かいところまでわからなかったけれど、描いてあるのは男性で、マント付きの詰め襟ジャケットを着ている。中世ヨーロッパの騎士っぽい……けれど、鎧ではなく軽装なのでファンタジー感がある。

「ええっと、これはなんのデザイン画なの？」

「実は、このキャラを参考に描いたんです」

男の子は、スマホの画面を私に向けてくる。私はやったことはないけれど、今流行りのスマホゲームの画面だということがわかる。キャラクターのカードを集めてバトルを繰り返し、物語を進めていくタイプのものだ。黒髪で赤い騎士服を着た男性キャラが、剣を構えてポーズをとっていた。

「もしかして、このキャラの服を作りたいの？」

漫画やアニメ、ゲームのキャラクターの衣装を着る、コスプレという文化がある。メジャーな作品だと市販品もあるが、こだわる人はいちから手作りする、ということは知っていた。

「はい！　それで……！」

「お待たせしました。ホットティーです」

男の子が高揚した様子で口を開いた瞬間、私が注文した紅茶が運ばれてくる。勝手に席を移動したことについてなにも言われなかったのはよかったけれど、彼は肩をすくめ、気まずい空気が流れた。

「あっあの……。すみません、自己紹介もせずに……」

店員さんが去ったあと、しおしおとしなびた様子で彼は頭を下げた。

「ううん、私のほうこそ」

男の子は絵村聡（えむらさとし）と名乗り、イラストレーターの専門学校に通っていると教えてくれた。まだ十九歳ということで、若さがまぶしい。デザイン画を描くのは初めてで、服を作った経験もないそうだ。それでもなんとか形になっているのは、きっとイラストを描くのがうまいからだろう。

私も自分の名前と、表参道の仕立屋で見習いをやっていることを話した。

「すっすごい！　デザインのプロじゃないですか！　しかも表参道だなんてヤバいです」

素直な性分なのか、絵村くんの目がキラキラしている。

「いやいや、まだ見習いだし……。ずっとデザイナーを目指しながらアパレル販売員をやっていて、最近転職したばかりなんだ」

「なるほど、だからデザイン画に詳しいんですね」

うんうん、と納得したようにうなずく絵村くん。デザイン画コンペで三回連続で落ちた身としては、そこまで尊敬の眼差しを向けられるとくすぐったい。

「それでその、ゲームのキャラを見た感想なんだけど……」

「はい」

「現実に着用する想定で描かれていないから、すごく複雑なデザインだよね。それに、後ろの部分とか、イラストでは見えない部分もあるし」

「そうなんです。そこが一番苦労しているところで……。アニメや漫画のキャラだったらいろんな角度から見た絵があるんですが、ソシャゲだと絵が限られているんですよね」

うーんとうなって、スケッチブックに目を落とす絵村くん。背面図のデザインは細かな部分が省かれて、装飾過多な前部分との差が目立つ。

「なんとかデザイン画が描けても、初心者だと服を作るほうが難しいと思う……。市販のものを使うか、ほかのキャラにすることはできないの？」

普段針を持っている者として、甘くはない現実を突きつける。デザイン画は第一段階で、その後の布選びや型紙起こし、そして縫製のほうがずっと時間のかかる作業なのだ。

特にコスプレ衣装は特殊なデザインのため、既存の型紙では対応できない部分が多い。

　絵村くんは泣きそうな顔でうつむき、つぶやいた。

「それは……できないんです」

　その声が震えていたため、この子はただ自分の楽しみのためにコスプレがしたいのではないのだと察することができた。

「なにか事情があるんだね？」

「はい。長い話になるんですけど……」

「大丈夫。乗りかかった船だし、最後まで聞くよ」

　ありがとうございます、と頭を下げてから、絵村くんの身の上話が始まる。

　彼にはアマチュア時代から応援している〝推し〟のイラストレーターがいた。その人との出会いはイラスト投稿サイト。たまたまその人のイラストを見つけた絵村くんは、運命を感じた。

「絵柄がすごく好みだったっていうのもあるんですけれど、自分がずっと目指していたイラストの完成形を見たというか……。とにかく、見た瞬間ビビッときたんです」

　それから彼は、新作のイラストが投稿されるたびに感想を書き込むようになり、推し本人からもファンとして認知される。ＳＮＳで個人的にメッセージをやりとりするくらい仲良くなって、自分がイラストレーターを目指していることも話したそうだ。

そして、推しにスマホゲームの会社からイラストの依頼がきて、いよいよプロになるというときがきた。

絵村くんは推しのイラストのキャラクターがゲームに登場するのを心待ちにし、そのキャラが出るまで何回もガチャを回したそうだ。

「やっとキャラが出たときはうれしくて……。思わず推しにも報告しちゃいました」

その後推しはプロのイラストレーターとして順調にキャリアを積み重ね、ゲーム以外にも様々なメディアで活躍。しかしそんな忙しい中でも、絵村くんとの交流は続いていた。

そして数ヵ月前、推しはイラスト集を漫画やアニメ関係のイベントで出すと教えてくれた。絶対買いに行く、と約束する絵村くん。そして、自分もイベントで推しを応援できないかと考えた。

「推しが初めてデザインしたゲームのキャラクター……いつかイベントでそのキャラのコスプレをしますって宣言したんです。マイナーなキャラだから、ネットでもそのキャラのコスプレを見たことはなくて。でも自分にとってはそのキャラが最高にかっこいいデザインだったから……」

推しは『楽しみにしている。そのときはぜひ見せてください』と喜んでくれたそうだ。推しがイラスト集を出すイベントも迫ってきて、ワクワクする毎日を過ごしていた絵村くん。だが……。

「推しが、急に亡くなってしまったんです……。SNSで、家族が報告しているのを見て、目の前が真っ暗になりました」

ショックでなにも手につかなくなり、専門学校もしばらく休んだ。しかし、推しの残した数々のイラストを見返していたとき、赤い騎士服のキャラが目に入る。推しが最初にデザインした、スマホゲームのキャラだった。そして、自分は推しとの約束を果たしていないと気づく。

「推しの出展する予定だったイベントで、彼のキャラのコスプレをすること……。それが自分にできる、唯一の弔いだって思ったんです。独りよがりだと思いますが……。そして、二次元にしか存在しないデザインを作って具現化することで、それが自分の形見にもなるって……」

そして絵村くんは、まったくの素人であるにもかかわらず、一ヵ月後に迫ったイベントに向けてコスプレ衣装を作ることに決めたらしい。しかも、たったひとりで。

「ほかに同じコスプレをしている人がいなかったから、相談できる人もいなくて。コスプレの本を買って勉強したんですけど、デザイン画の時点で難航してしまって、このままだと間に合わないと途方に暮れていたんです」

話し終わった絵村くんは疲れきった顔で息を吐いた。

「そっか……。それで私にデザイン画を見せてくれたんだね」

「デザイン画がわかる人がいる！　って思わず……。知らない男に急に話しかけられてびっくりしましたよね。ごめんなさい……」

「ううん、大丈夫。絵村くんが真剣なのは、スケッチブックと向き合う様子から伝わってきたし」

そして絵村くんの話を聞いた私の胸には、ある思いが去来していた。

服で困っている人の助けになりたい。毎日、店には立っているのに仕立てに関われないもどかしさや行き場のないやる気が、その思いを倍増させていた。

「あの……。そのコスプレ衣装を作るの、協力させてもらえないかな？」

少し緊張しながら申し出ると、絵村くんは驚いて、持っていたスマホをつるっと落としていた。

「ええっ？　ほ、本当ですか？」

「うん。こういう服を作るの、自分でも勉強になると思うし……」

それになにより、絵村くんの思いに胸を打たれていたのだ。だれかのためにこんなに一生懸命になれる人が、世界中にどのくらいいるだろう？　ここまで好きになれる人にめぐり会えた絵村くんは幸せだ。そしてこんなに想ってもらえている、イラストレーターさんも。

「それに、私にも同じような経験があったから」

祖母の残したデザイン画を形にしたい。そのために仕立屋『filature』を訪ね、紡さんに助けを求めた自分と、私に声をかけてきた絵村くんが重なったのだ。デザイン画に謎――わからない部分があるというのも、相手が亡くなっているというのも一緒だ。

「あの……。ぜひ、よろしくお願いします！」

絵村くんは立ち上がり、がばっと頭を下げた。周りの人がびっくりした様子でこちらを見てきたけれど、そんなこと気にならなかった。絵村くんの熱意にあてられて、私もそうとう気分が高揚しているみたい。

「うん。イベントは年末なんだよね？　絶対に間に合わせよう！」

私も軽く腰を上げて、彼に手を差し出す。

「はい！」

固く手を握り合ったこのときには、コスプレ衣装が専門外であるということも、一ヵ月という期間がどれだけ短いかということも、頭からすっかり抜け落ちていたんだ。

それから数日後。仕事の休憩中、書店でブックカバーをつけてもらった『初心者のためのコスプレ衣装』を読んでいると、紡さんに真上からのぞき込まれ、あわててページを閉じた。

「ここのところなんの本を読んでいるんだ？」

「たっ、ただの教本ですっ。えーと、ドレスとかスーツの……」

嘘はついていない。女性のコスプレ衣装はパニエを仕込むものが多いからドレスだとも言えるし、男性のコスプレ衣装はカジュアルなものよりもジャケットがついているようなデザインが多い。たぶん、そのほうが着たときに映えるからだと思うけれど……。

「……そうか。あまりに熱心に見ているからどんな本なのか気になっただけだ」

「そ、そうですか」

「人の読んでいる本を勝手にのぞく趣味はない」

「は、はあ……」

紡さんは、仏頂面で私に背中を向けた。

もしかして、大げさに反応したから傷つけてしまったのだろうか。でもなんとなく、私が勤務外でコスプレ衣装作りに協力していることは、紡さんには言えずにいた。
紡さんがコスプレに対してどう思っているかわからないし、『こんな衣装は仕立屋の仕事と関係ない』と怒られる可能性もあるからだ。なので、コスプレの勉強はこうして休憩中にしているわけだが。

「しかし、こんなに自分の知識が通用しないなんて……」

紡さんに気づかれないように、こっそりため息を落とす。騎士の服といっても、詰襟のジャケットと変わらないよね、と思っていたのが甘かった。ジャケットにしてもスラックスにしても、一般のスーツとはまったくシルエットが違う。着やすさ・動きやすさよりもイラストにしたときの見映えのよさに重点を置いているのだから当然だったのだ。ためしに普通の詰め襟とスラックスを想定してデザイン画を描いてみたのだが、なんか違うというか、野暮ったい感じになってしまった。しかも、ふだんの仕立てでは使っている布地でも、コスプレには適さないものもあるのだ。

二次元のデザインを現実に落とし込むのには、かなりの工夫が必要だということをここ数日で知った。

今のところなんの助けにもなっていないことを絵村くんに申し訳なく思うが、彼はそんなことは想定内だったらしく、変わらないやる気を見せている。今度の休みには、一緒にコスプレショップに行くことを約束しているのだ。本や動画で研究しても、実際にコスプレ衣装を見てみないことには話にならない。逆に、手に取ってみることでひらめきが生まれればいいのだが。

そうして訪れた休日は、まずまずの成果だった。コスプレショップには軍服のような詰め襟の衣装もたくさんあったので、どのくらいのサイズ感で作れば見映えがいいのか参考にすることができた。ちなみに、絵村くんには自身で採寸して数字を教えてもらっている。採寸のコツもあるので私がやりたかったのはやまやまだが、外で上着を脱がせて巻き尺を取り出すわけにはいかないからだ。

細かい装飾以外はデザインの似ているコスプレ衣装を買ったので、型紙はそこからとってアレンジすることに決めた。じゃらじゃらついている装飾もなんとなく構造がわかったので、なんとか形にできるめどはついた。布や装飾を縫い付けるのではなく、グルーガンや速乾ボンドで貼り付けるという技もコスプレ衣装にはありらしいので、大いに活用して時短させてもらう。

しかし、順調に進んでいるように見える私たちには、ひとつだけ問題があった。

肝心のデザイン画、その背面部分が、まだできあがっていないのだ。

「絵村くん、どう？　デザイン画のほうは進んだ？」

仕事帰り、私たちは表参道近くのカフェで会っていた。もう、休みの日にミーティングするだけでは間に合わなくなっていて、絵村くんにわざわざ職場近くまで来てもらったのだ。

「ごめんなさい、まだ……。考えてもまったく、案が浮かんでこなくて」

焦れば焦るほど、アイディアが出てこないのだろう。私もデザインコンペの〆切には毎回ギリギリだったから、その気持ちはわかる。

「型紙は先に作っておいたけれど、次の休みに材料を買いに行くまでには決めないと」

「そうですよね……。もう時間がないのはわかっているんですけど……」

絵村くんがうつむく。目の下には、クマがくっきりと浮かんでいた。

難航しているのは、もとのイラストで描かれていない部分のデザイン画だ。細かく言うと、ジャケットの後ろ部分とマントの後ろ部分。前部分が華美なので、後ろになんの装飾もなくまっさらな状態というのは不自然だ。

似たような衣装を着たアニメキャラを調べたり、ファンアートを探してみたり、絵村くんはがんばってくれている。私は絵村くんよりもアニメキャラにうといので、手を貸すことができないのがもどかしい。

「いざとなったら、後ろ姿はシンプルにする妥協案もあるけれど……」

「でも、それじゃあ……」

絵村くんが言いよどむ。

「うん。推しのイラストを完全再現したことにはならないよね……」

私に遠慮して言えなかった言葉を引き継ぐ形で告げると、絵村くんは眉尻をしゅんと下げた。

「はい、ごめんなさい……。妙なこだわりは、捨てればいいんですけど……」

「ううん。絵村くんが着るものなんだし、納得できないデザインを作っても意味がないもの」

オーダーメイドの服が注文したお客様のためだけのものだというのと同じで、今作っているコスプレ衣装も、絵村くんと、そして天国から見ている推しのためだけのものだ。

私も正直、ここで妥協してほしくはなかった。

「私も一緒に考えてみる。没にしたデザイン画、見せてもらえるかな」

「あ、はい。ありがとうございます」

絵村くんから渡されたスケッチブックを開いたとき、カフェに入ってきた背の高い男性と目が合う。グレーのステンカラーコートを着た、姿勢のいい男性だ。

「えっ」

そのシルエットに見覚えがある、と感じた瞬間、私はぎくりと身をこわばらせた。

「布川さん？　どうしたんですか？」

「な、なんでこんなところに……」

私の視線の先には、迷いのない足取りでこちらに向かってきている紡さんがいた。

なんでというか、職場の近くなのだから紡さんが来ることがあってもおかしくない。ひとりでカフェに行くイメージがなかったが、紡さんだって人間なのだからお茶くらい飲む。

私たちの席の近くで足を止めた紡さんと引きつり笑いを浮かべた私、不思議な顔で身体ごと振り返った絵村くん、三人の視線が交差した。

「……弟、か？」

私と絵村くんを交互に見たあと、紡さんは首をわずかに傾けて問いかけた。

紡さんに、『こんなところで会うなんてぐうぜ～ん！』という態度を期待していたわけではないが、第一声で関係性を問うのが無駄のない紡さんらしいなと、肩が脱力する。

「いえ、違います……」

弱々しい声で否定すると、なにを勘違いしたのか紡さんは気まずそうな表情になった。

「すまない、彼氏だったか」

「もっと違います！　ええと、この子は友達というか知り合いというか……」

焦って否定するとますますあやしいな、と思いつつも冷や汗が出るのを止められない。

「布川さん、この方は……？」

私たちのやりとりをぽかんと眺めていた絵村くんが遠慮がちにたずねる。

「職場の上司……というか、経営者」

早く話を打ち切りたかったが、無視するわけにもいかず、『どうか余計なことはなにも言わないでくれよ……』と視線に力を入れながら答える。

「あっ、仕立屋の！」

すると絵村くんは、ぱっと顔を輝かせて紡さんに向き合った。

「はじめまして！　僕は絵村といいます。実は布川さんには、コスプレ衣装について相談にのってもらっていて！」

「あああ……！」

あわてて声を出し、話を遮ったけれど遅かった。

「コスプレ衣装？」

ばっちり耳に入っていたようで、紡さんが聞き返す。

「はい。あの、デザイン画がなかなか決まらなくて、布川さんにはこうして仕事帰りにも付き合ってもらっていて……」

絵村くんの言葉に、紡さんの肩がぴくりと動く。怒られる！　と身体をこわばらせたが、ここで紡さんは意外な行動に出る。

「デザイン画？　俺にも見せてもらえるか？」

「はい、もちろん！　あっ、隣どうぞ！」

「すまない、お邪魔する」と断ってから腰を下ろす紡さん。絵村くんは仏頂面の紡さんに臆する様子もなく、「これがもとになったキャラクターで……」とスマホの画面まで見せている。

「あっ、上司さん、飲み物まだですよね？　僕、買ってきますね！」

気が利く絵村くんは、紡さんの注文がまだなのに気づき、率先してカウンターに行ってくれた。

ありがたいのだけど、残された私は気まずい。

「あ、あの……。紡さんは、だれかと待ち合わせというわけでは？」

「いや、違う。外からふたりが……」

「え？」

「い、いや。店を閉めたあとも仕事をしていたら少し疲れたから、帰宅前に休憩したくて手近な店に寄っただけだ」

閉店作業をすませて私が退勤したあとも、紡さんは毎日店に残っていた。個人的に片付ける場所があるんだろうなと思っていたのだが、残業をしていたなんて知らなかった。

「そうだったんですか！　お疲れ様です」

自然と頭が下がる。さばける範囲といってもひとりで仕立ての仕事をしているのだから、時間が足りないのは当たり前なのかも。いつも完璧でビシッとしている紡さんから『疲れた』というセリフを聞いて、いっそう、早く紡さんの役に立ちたいという気持ちが強くなった。

「それにしても紡さんでも、カフェに来ることがあるんですね」

「当たり前だろう」

「あの、もしかして、コンビニとかも行くんですか？」

「……君はなにを言っている？」

紡さんが完全に、おかしなものを見る目つきになっている。

「いやあの、完璧すぎるイケメンって生活感がないから、イメージしにくくって」

笑顔を作ってそう言い訳したのだが、紡さんは「イケメン……」とつぶやいたあと固まっている。

「あれ？　紡さん、顔が赤くないですか？　コート脱いだほうが……」

「……っうるさい。言われなくても脱ぐ」

気を遣ったのに暴言を吐かれて、私は胸に鉛を落とされたような気分になった。厳しい態度には慣れているが、勤務外でまで鬼上司を発揮しなくても……。

「お待たせしました〜！　上司さん、ホットコーヒーでよかったですか？」

しょんぼりしたとき、絵村くんがナイスタイミングで戻ってくる。

「あ、ああ……。ありがとう」

絵村くんに代金を渡したあと、紡さんはコートを脱ぐ。そして、スケッチブックに目を落とした。

「ふむ……。君は服飾関係の学生なのか？」

ひととおりページをめくり終わった紡さんが、最新のデザイン画を見ながらたずねる。

「いえ、僕はイラストレーターの専門学校に通っていて……。服のことはまったくの素人です」

「そうか。それなのに、よくここまで細かくデザイン画に起こしたな。服として破綻しているところはないし、装飾もきちんと現実味のあるデザインにアレンジされている。

何度も描き直しているようだが、確実に最初よりよくなっているな」

「あっ、ありがとうございます！」

珍しく〝よそいき〟じゃない微笑みを浮かべて、紡さんが絵村くんを褒めている。絵村くんは感激して声を詰まらせているが、私は紡さんが明らかなコスプレのデザインでも気にしていないことに驚いていた。

「あの、紡さんはコスプレに詳しいんですか？」

「いや、そういう文化があるのは知っていたが、実際にデザインを見たのはこれが初めてだ。しかし、『ハレの日の服』という点ではオーダーメイドの服と共通するところもあるな」

紡さんのセリフに、私は拍子抜けしていた。なんだ。隠すこと、なかったんだ。

堅物な紡さんは、コスプレ衣装に偏見があるのではないかと勝手に決めつけていた。紡さんの服についての考え方は、もっと広くて自由なものだったのに。

それに、知らないものに対して最初から否定するような人じゃないってことなんて、普段の紡さんを見ていればわかることだった。

「なかなか決まらない、と言っていたのは、この背面図の部分だな」

「はい……。イラストでは見えない部分なのですが、推しの中ではバックスタイルもイメージがあったはずなんです。今まで推しのイラストを見てきた僕でも、どんなデザインが正解なのかわからなくて……」

絵村くんの説明を聞いた紡さんが、さらっと告げる。

「正解なんてないんじゃないのか？」

「えっ？」

私も、絵村くんと一緒に声をあげてしまった。

「いや、君がどんなデザインを描いたとしても、それが正解になる、と言うべきか……。糸、君は感じなかったか？　おばあさまのデザイン画を形にしているとき、自分が思いついたアイディアこそが正解なのだと」

「……あっ！」

そうだ、そのとおりだ。腰巻きエプロンにポケットをつけているとき、感じたんだ。

『祖母は私のための服を描いてくれたのだから、私が使いやすいように工夫を加えていけば、それがきっとデザイン画の正解なんだ』って……。

「そうだよ、絵村くん。絵村くんが『これだ！』って思ったデザインが正解なんだよ。イラストレーターさんは、見えない部分は自分たちで解釈する楽しみを、ファンに残してくれたんだよ」

「自分たちで……解釈？」

「うん。きっといろいろな解釈があるし、人によっていろんなデザイン画ができる。でもそれを、イラストレーターさんは『どれもいいね』って受け入れてくれるんじゃないのかな？」

ぽかんとした顔で聞いていた絵村くんの瞳に、輝きが宿る。

「そうか……。決まりきった正解なんて最初からなかった。でも僕の心の中に、答えはずっとあったんだ……」

絵村くんはがばりとスケッチブックに向き合うと、夢中で鉛筆を動かし始めた。

「そう、僕、僕だったら……！」

あっという間に背面のデザイン画ができあがっていき、私も紡さんもスケッチブックに釘付けになる。

「で、できました……！」

絵村くんが大きく息を吐き、鉛筆を置く。そして満足そうに顔を上げた。

「すごい、すごいよ絵村くん！　とっても素敵！」

絵村くんが描いたマントの背面部分には紋章のようなものが描かれていて、金色で仕上げるよう添え書きがしてある。

「ありがとうございます。ゲームに出てくる架空の国の紋章なんです。このキャラは、そこの騎士団長っていう設定で。だからきっと、推しはこうしただろうと思うし、なにより僕が……かっこいいと思ったから」

やりきった表情の絵村くん。ふ、と視線を遠くに移したのは、きっと推しを思い出しているからなのだろう。

「やったね！　これで明日、布が買いに行ける！」

明日が定休日でよかった。私と絵村くんが盛り上がっていると、紡さんが「……布？」とつぶやいて眉毛をぴくりと動かす。

「それでこの衣装は、いつまでに作るんだ？」

一気に現実に引き戻され、私たちは肩をすぼめる。どうしよう、すごく言いづらい。

「……年末まで、です」

案の定、紡さんは大げさに顔をしかめた。

「あと二週間しかないぞ。材料も揃っていないのに大丈夫なのか？」

「型紙を作るところまでは終わっているんです」

「専門学校はもうすぐ冬休みに入るので、毎日作業できます」

言い訳に聞こえるかもしれないけれど、本当に間に合わせるつもりだった。ここまで来て絵村くんの願いを叶えられなかったら、一生後悔するだろう。

「あの。その日に間に合わせたいのには理由があるんです。絵村くんの推しのイラストレーターさんは亡くなっていて……」

「ああ。君たちの話を聞いていてそれは予想がついた」

紡さんは私の話を遮ってうなずき、スケジュール帳を開いてなにやら考え始めた。そして、「二週間……。型紙ができているなら裁断を一日ですませれば、いけるか……？」などとつぶやいたあと、職人の顔になった。いつもミシンに向き合っているときの、あの真剣な表情。

「二週間ならギリギリ間に合う。お互いの家で別々に作業する分、最初に役割分担をきっちり決めておくんだ」

「は、はい」

「絵村くんの家にミシンはあるんだな？　なら、糸のほうが手が早いと考えても、作業分担は二対一くらいだな……。直線縫いのマントや、装飾のパーツを彼に任せるといい」

「わかりました！」

私もあわててスケジュール帳を出し、メモをとる。

その後も、ここの作業は何日くらい、ここは何日ですませるように、と的確な指示を出してくれる。

「す、すごい。紡さんの言ったとおりにやれば、ギリギリ二週間で間に合います！」

私と絵村くんの実力差、私の勤務日も考慮しつつ、きっちり無駄のないスケジュールになっていて感動した。絵村くんも私のスケジュール帳をのぞき込み、「あとで携帯で撮らせてください！」と興奮している。

「あ、ありがとうございます紡さん。こんなことまでしてもらって……」

「かまわない。助手の引き受けた仕事をフォローするのは上司のつとめだ」

今、紡さん、〝仕事〟って言った。私のしていることを〝遊び〟だってくらないで、認めてくれた……。

感動して、じんわりまぶたが熱くなってきた。

「わからない部分があったら持ってくるように」

「えっ、いいんですか？」

「君は不完全な衣装を彼に着させるつもりなのか？　一応プロなのだから、外に出しても恥ずかしくないものに仕上げるんだ」

「わ、わかりました……！」

姿勢を正して答えながら、やっぱり紡さんってなにげに面倒見がいいよなあ……と改めて思った。

それから、イベントに向けて濃密な日々が始まった。帰宅したらすぐ作業、休みの日も一日中作業。衣装ができあがっていくのと同時にイベントまでの時間も進んでいき、あと数日というところまできた。

縫い方に迷う箇所があったので衣装を家から持ってきて紡さんに質問する。その流れで、「それだけ大きいと自宅で作業するのも大変だろう。終業後だったら工房を使ってもいい」と申し出てくれたので、ここ数日は工房で終電まで作業してきた。

そしていよいよ、イベントはあさってだ。明日の終業後に絵村くんに衣装を渡すとしたら、今日中に最後まで仕上げないといけない。これは徹夜かな……と、手元のライトスタンドだけつけた薄暗い工房で、ひとり寂しくカタカタとミシンを走らせていた。

「ふあぁ……、眠い」

あくびをかみ殺して、三杯目のブラックコーヒーに口をつける。

「うん。この調子なら、朝までに完成するかな……」

しかしずっと休憩もせず作業していたので、肩と腰が痛くて目がかすむ。作業効率を上げるためにも、少し休んだほうがいいかもしれない。

五分後に携帯のアラームをセットして、手足を伸ばすだけのつもりで工房内のソファに腰かける。革張りのソファは手触りがよくて、張り詰めていた神経が一気に弛緩した。

「ダメ……目を閉じちゃ……。でも、ちょっとだけ……」

まぶたの奥で、たくさんの羊たちがおいでおいでと手招きしている。誘惑にあらがえず、私はそのまま眠りに落ちていった——。


カタカタカタカタ。ミシンの音が聞こえる。等間隔で針が落ちる、優しくて落ち着く音。小さいころ、縫い物をするおばあちゃんの音を聞きながら昼寝をするのが好きだった。半分に折った座布団を枕にして、畳に寝っ転がる。時々止まりながら、走り続けるミシン。『あ、方向を変えたな』とか、『今、返し縫いをしてるな』とか、目を閉じていても祖母の動きがわかる。そんなふうに耳をすませていると、いつの間にか眠っていて、私の上にはタオルケットがかかっている。そう、今みたいに。

「……ん？」

ふわふわした毛布の感触を感じ、私は目を開けた。休憩するつもりだったのが、うっかり眠ってしまっていたみたいだ。今、何時？　と焦ると同時に、夢の中で聞こえていたミシンの音が、目覚めてもまだ響いていることに気づく。

まぶたをこすり、ぼんやり光っているミシン机に目をやると、大きなシルエットが動いていることに気づく。祖母とはちょっとリズムの違う、迷いのないミシンの音。

そのシルエットは手を止めて振り向く。よく知った顔が、そこにはあった。

「起きたか」

「えっ、紡さん？」

携帯電話を確認すると、ソファに横になってから一時間もたっている。アラームは無意識に止めたみたいだ。

「どうして、こんな時間に……？」

この毛布も、紡さんがかけてくれたの？　起こさないようにそっとかけてくれたのだと思うと、胸がきゅっとなった。

そして、よく見ると紡さんがミシンで縫っているのは、私の作りかけのコスプレジャケットだった。一時間でだいぶ進んでいる。

「紡さん、手伝ってくれたんですか？」

「気になって見に来てみたら、衣装は途中だし、君は寝ているし。この状況で帰れないだろう」

「うっ、す、すみません」

紡さんには、今日は徹夜になるかもしれないから、工房に泊まっていいか聞いておいた。それで、気にして来てくれたのだろう。

「手伝うから、朝までに終わらせるぞ」

「は、はいっ！」

飛び起きると、「こっちは俺が縫っておくから君はそっちの作業をしろ」と紡さんが指示を出してくれる。頼もしい。

上司がいる緊張感からか、ひとりでいるときよりもダレることがなく、作業がサクサクと進んでいく。そして……。

「お、終わった……」

衣装が完成するころには、窓の外がわずかに明るくなっていた。朝までに終わらせる、という紡さんの宣言どおりだ。

「お疲れ」

うーん、と伸びをしていると、紡さんがマグカップを差し出してきた。中を見ると、ほんのり甘い香りのする白い液体が入っている。

「これ……ホットミルク？」

ふーふー冷ましてから飲むと、はちみつの甘さが口の中に広がって胃がじわあっと温かくなった。

「コーヒーで胃が荒れているだろう。これを飲んで落ち着いたら、一度家に帰るといい。身支度に時間がかかるだろうから、出勤は遅れてもかまわない」

眠気覚ましにコーヒーをがぶ飲みしていたのがバレているみたいだ。ミシン机に置いておいた飲みかけのカップがいつの間にか片付けられていたから、きっとそのせい。

「ありがとうございます。紡さんは……？」

「俺も一度家に帰って仮眠する。君より俺のほうが家が近いから、開店準備には問題ない」

「お気遣いいただいて、すみません」

コートとマフラーを身につけて、扉に向かいかけた紡さんが「あ、そうだ」とソファのそばまで来る。

伝え忘れたことでもあるのかな……とぼんやり紡さんを見上げると、唐突に大きな手が私の頭に乗せられた。

「糸。よくがんばったな」

子どもに〝いいこいいこ〟するみたいに頭をなでる。

「じゃあ、また始業前に」

すっと手を離すと、紡さんはこちらを振り向かず颯爽と去っていく。私はどんどん体温が上がるのを感じながら、カップを持っていないほうの手で頭をさわる。

ここに、さっき、紡さんの手が。

「え、えー……。今の、反則だって……」

紡さんの手はあったかくて、いつもの態度からは予想できないくらい優しかった。子どものころ、紡お兄ちゃんに頭をなでてもらうのが好きで、よくせがんでいたことを思い出す。

「それ、覚えて……？　えってでもそれは子どもだったからで……。でも、ええー……」

ぐるぐると考えていたらめまいがしてきたので、横になって目を閉じる。

もう、余計なことは考えない。向こうはなんとも感じていないんだし、意識してしまったら始業前にどんな顔で会えばいいのかわからない。

恥ずかしくて毛布を頭までかぶったら、うちとは違う柔軟剤の香りがして、また顔がボッと熱くなった。

＊＊＊

イベント当日。店も年末年始のお休みに入ったので、絵村くんの勇姿を見に来た。

大きなホールでおこなわれるこのイベントは漫画・ゲームといったサブカルチャーのお祭りで、ホール内には同人誌頒布のブースがひしめいている。私たちのいるコスプレスペースは屋外なので寒いが、肌見せしているコスプレイヤーさんも多くいる。すごい。オシャレは我慢と言うけれど、この人たちは我慢をしているわけじゃなく、好きなキャラの衣装を着ている高揚感で寒さを感じないんだろうな。

「絵村くん、すごい！　似合ってるよ！」

「ありがとうございます。すごくぴったりです」

赤い騎士服を身につけ、赤髪のウイッグをかぶった絵村くんがはにかむ。

仮縫いと試着を省いてしまったのでサイズ感が不安だったが、細かいところまで採寸したおかげでぴったりとなじんでいる。

「なんだか、自分じゃないみたいで興奮します。キャラと一体になったというか」

そう言う絵村くんは、私の目からもいつもの絵村くんとは異なって見えている。緑色のカラーコンタクトをつけて、舞台用のようなバッチリメイクを顔に施しているからだ。

「作業をしながら、コスプレメイクも勉強したの？　がんばったね」

　普段着と合わせると浮いてしまいそうな濃いメイクは、逆にファンタジー感のある衣装とはよく合っている。メイクをしなかったらこの衣装には顔が負けてしまうと思うから、ちょうどバランスがとれているのだろう。

「はい。やっぱり、コスプレするならちゃんとしたかったので……。化粧品は姉からいろいろ借りられたので助かりました」

　クレンジングも持ってきたの？　とか、つけまつげもつけてるの？　などとメイクについて話していると、大きなカメラを首から下げた男性がそろそろと近づいてきた。

「あ、あの……」

「はっ、はい！」

　ここに来てからだれかに話しかけられるのは初めてなので、絵村くんも緊張している。

「その衣装って、最近亡くなったイラストレーターさんのキャラですよね？」

「あっ、はい！　そうなんです、僕、大ファンで……！」

　絵村くんがそう返すと、不安そうだった男性の顔がぱあっと笑顔になった。

「自分もその方、大好きだったんです！　コスプレされている人がいるなんて感激しました！　あの、お写真いいですか？」

「もちろんです！」

絵村くんがポーズを決めたところを、男性が立派なカメラでパシャパシャと撮る。私は写真に写らないよう少し離れたところで、『これがコスプレ撮影会というやつか……』と謎の感動を覚えていた。

男性がお礼を言って立ち去ったあと、「声をかけられるなんてすごいね！」「推しのファンの人でうれしかったです！」とふたりで盛り上がる。

ピンクの髪の魔法使いコスプレをした女の子を見て、絵村くんが「おおっ」と歓声をあげた。

「あれは、同じゲームの人気キャラですね！　キャラデザは違う人ですが」

そう私に説明してくれていると、女の子と絵村くんの目が合う。

「えっ、あれ？」

そのまま女の子は、笑顔を作って絵村くんに近寄ってきた。

「すみません、写真いいですか？　あ、できれば一緒に」

「あっ、じゃあ私が撮るよ」

私が女の子のカメラと、絵村くんのスマホでツーショットを撮ってあげる。はい、と渡すと、ふたりともうれしそうに画面を確認している。

「すごくクオリティが高いですね……手作りですか？」

女の子が、絵村くんの衣装をしげしげと眺めて問いかける。

「はっ、はい」

「すごい！　私はいつも市販品を買っていて……。このイラストレーターさんのキャラ、ほとんど市販品は売っていないからコスプレをあきらめていたんですけど、私も今度手作りに挑戦しようと思います！」

「ほんとですか」

推しのキャラクターのコスプレが増えると聞いて、絵村くんは驚きと喜びのまざったような表情をしている。

「はい！　そのときはぜひ、一緒に写真撮ってくださいね！」

「はい、ぜひ！」

女の子が去ったあとも絵村くんの周りには人が集まり、記念写真を撮ったり推しの話をしたりして盛り上がっていた。何人かとは連絡先も交換したようだ。

「僕……推しが亡くなったことでずっと喪失感を抱えていたんです」

イベントのピークも終わり、撤収する人も多くなった時間帯。祭りのあとの雰囲気の中、絵村くんはつぶやいた。

「本人が亡くなっても、推しの残したものはずっと残るし、こうしてだれかと一緒に思い出すこともできる。今日、自分以外のファンと触れあって初めてわかりました。推しは亡くなったけど、世界からいなくなったわけじゃなかったんですね……」

絵村くんの頬に、涙がつうっと落ちた。

「やっと、推しのいない世界でもがんばろうって思えました。彼に対してやっと、追悼の気持ちを持つことができた……。これも布川さんが協力してくれたおかげです。本当にありがとうございました」

「そんな……、こちらこそありがとう」

私だって、絵村くんの衣装を作ることで自分の欲求を満たしていたのだから、お互い様だ。

「あと、布川さんの上司さんにも、お礼を伝えておいてください。あの人の言葉がなかったら、きっと納得できないまま、デザイン画をむりやり完成させることになっていただろうから」

「そうだね。伝えておく」

絵村くんの事情もよく知らないうちに、彼が本当に求めていた言葉をかけてくれた紡さん。祖母のデザイン画のときもそうだけど、紡さんには名探偵の素質でもあるのかもしれない。

「プロに手伝ってもらったんだから、本来ならお金を払わなきゃいけないんでしょうが……」

「いいよ、私が好きで手伝ったんだから」

「でもたくさん時間をお借りしたんですから、やはり……」

お金を払いたい絵村くんと、お金をとるわけにはいかない私で押し問答する。

「じゃあ、こういうのはどうかな。絵村くんが立派な社会人になったら、うちの店でスーツを注文するってことで」

「なるほど」

私の提案で、財布を出す気まんまんだった絵村くんがやっと納得する。

「そうしたら僕、立派なイラストレーターになって、必ず仕立屋でスーツを注文します！」

「うん、待ってるね」

落ち始めた、ほんのりオレンジ色の夕陽の中で、今日だけの騎士が笑う。

彼が夢を叶えてイラストレーターになったら、とびきりのスーツを作ってあげたい。

その日を心待ちにするように、私は今日の光景をまぶたに焼き付けた。

＊＊＊

実家で年越しと三が日を過ごし、仕事始めの日。

「明けましておめでとうございます、紡さん。今年もよろしくお願いします」

数日来なかっただけで少し懐かしく感じる工房で、頭を下げる。

休みのうちにブラウスとスラックスの予備を作っておいたので、おろしたての制服で仕事始めにのぞむことができた。

「明けましておめでとう。よろしく」

ツイード素材のベストを身につけた紡さんは、休み明けでも変わらずピシッとしている。連休の間に髪を切ったのか、長めの前髪が少しさっぱりしていた。

「あっそうだ、紡さん。絵村くんから伝言が……」

私は絵村くんからのお礼を伝え、スマホで撮った彼のコスプレ写真を見せる。

「いいな。変なところに皺も寄っていないし、合格点だ。着心地がいいのは、彼の表情を見ればわかる」

「あ、ありがとうございます」

仕上げは手伝ってもらったけれど実際に着ているのを見せるのは初めてなので、合格点をもらえてホッとする。

「糸」

「はっはい」

スマホから視線を上げ、紡さんが私の目をじっと見る。な、なんだろう……。

メイクでも崩れていたかな、と顔に手をやった瞬間、意外な言葉が紡さんの口から飛び出した。

「今年からは、お客様との話し合いにも同席してもらうし、縫製の手伝いもやってもらうぞ」

「えっ、本当ですか」

「見習い期間が終わるわけじゃないからな。浮かれずに気を引き締めていけ」

「はい、もちろんです！　がんばります！」

飛び上がりそうになる身体を抑えて、小さくガッツポーズをする。

「でも、どうして急に……？」

特になにかがあったわけではないのに、どうして仕事を任せてくれる気になったんだろう。もとから、年が明けたらと決めていたのかな。

疑問に思いつつ首をかしげて紡さんを見上げると、「わからないのか？」と呆れた顔をされた。

「オーダーメイドの服を完成させただろう」

「あ……」

絵村くんのコスプレ衣装。デザイン画を描いたのは絵村くんとはいえ、彼のサイズで作ったのだから立派なオーダーメイド服ではある。

勤務外に勝手にやったことなのに、評価してもらえるなんて。思いがけない喜びにまぶたが熱くなったとき、ハッと思いつく。

今まで仕事を任せてくれなかったのは、もしかして私が自発的に動くかどうか、試していたのでは……？

「いや、まさか、たまたまだよね」

髪も服も乱すことなく掃除をしている紡さんを見ても、なんの感情も読み取れない。

でも、祖母のデザイン画の謎を解いたのも、絵村くんのデザイン画の謎を解いたのも、紡さんだ。この人はどのくらい先まで見通しているのか、得体が知れない。密かにそんな画策をしていても、おかしくないのだ。

「糸。手が止まっている。連休分の埃がたまっているんだから、集中しろ」

「はっ、はい！　すみません」

はたきをパタパタと動かしつつ、まあどっちでもいいか、と考える。どちらにせよ、私が紡さんを尊敬し始めていることには変わりない。そんな上司のもとで働けるのを幸せに思いつつ、これから新しく出会うお客様にどんな服を作ることになるのか、さっそく楽しみになってきた。

三着目　天才ふたごのステージ衣装

紡さんとお客様との会話に同席するようになって、数日。私はあることに気づいていた。

「あの、紡さん。なんだかこのお店、女性のお客様が多くありません……？」

ちょっとしたお直しを頼みに来る近所の人なんかは、おじさんもおばさんも関係なくやって来るのだけど、知る人ぞ知る仕立屋の噂を聞きつけてやってきた初見の裕福なお客様は、なぜだかドレスを注文する女性客がほとんどなのだ。

「そうだな。祖父のころはむしろスーツを仕立てに来る男性客のほうが多かったのだが、俺の代になってからは徐々にこんな感じに……。まあ、俺もドレスのデザインは得意だからいいのだが」

「そう、ですか……」

説明する紡さんは原因がわかっていなそうだが、私にはわかった。きっと、『イケメン職人の仕立屋』という噂が広まり、紡さん目当ての女性客の比率が多くなっているのだろう。まあもちろん、ドレスのできがよくて評判になり……という一因もあるとは思うけれど。

お客様の飲まれたカップを片付けて、テーブルの上を拭いているとき、ヴァイオリンとピアノのアンサンブルがスピーカーから聞こえてきた。

「あっ、この曲……。あの天才ふたご音楽家の曲ですよね？　紡さん、ＣＤ買ったんですか？」

わずか十歳でプロ奏者として活躍している天才ふたごは、ここのところテレビ特集で引っ張りだこだ。姉がヴァイオリニスト、弟がピアニストで、ふたりで全国ツアーもおこなっているらしい。作曲もできるらしく、有名なクラシック曲とオリジナル曲を収録したファーストアルバムが現在発売中だ。

「ああ、ＣＤショップに行ったらオススメの棚に置かれていたから……。室内楽のＣＤばかりかけていると曲が偏ってしまうから、オリジナル曲というのはいいな」

「そうですね。なんだか、耳が新鮮な感じ」

穏やかな音色に耳をすませ、つかの間のゆったりした時間を過ごしていると、店の扉が開いた。

「いらっしゃいま――」

と、声を出しながら私は目を見開いてしまう。

入ってきたふたりの小柄なお客様は、ちょっとびっくりするような美少女と美少年だった。栗色の巻き毛をハーフツインにした猫目の美少女と、とろんとした垂れ目とふわふわの髪がかわいい男の子はそっくりで、ひと目で姉弟ということがわかるが、驚いたのはそこではない。今聞いているCDの奏者であり、私もテレビで顔を見たばかりの、あの天才ふたごだったのだ。

有名人もたくさん来るお店だとは聞いているけれど、こんな偶然ってある⁉　紡さんは気づいているのだろうか。

ちらりと見やると――。

「いらっしゃいませ、こちらへどうぞ。お飲み物は、紅茶とコーヒーどちらがよろしいですか？　ジュースもございますよ」

おそろいのダッフルコートとマフラーをお預かりして、いつもどおり席にご案内している。初めてのお客様には飲み物の好みをたずねることになっているのだが、さすが紡さん、子どもだけの来店でも態度を変えない。しかしこれは、ふたごの正体に気づいていないのだろうか。

席に並んで座ったふたり。弟のほうが、もじもじして姉のトップスの袖を引っ張る。

「ねえお姉ちゃん、この曲さ……」

すると姉のほうが、物怖じせずに紡さんを見上げ、はきはきとした口調で注文する。

「あの、かかっている音楽を変えてくれない？　さすがにちょっと恥ずかしいみたいだわ、弟が」

「ぼ……ぼく、恥ずかしいなんて言ってな……」

弟のほうは人見知りなのか、紡さんとは目を合わせずに顔を赤くしている。しっかり者のお姉ちゃんと穏やかな弟というコンビが微笑ましい。姉と弟というパターンだと、だいたい姉のほうが強くなるんだよね。

「失礼しました。今すぐ変えますね。……糸、頼む」

「は、はい」

CDラックから適当に一枚抜き出して、プレイヤーの中身を入れ替える。弦楽器と木管楽器の音色がゆっくりと響き、私は紡さんに目配せをした。

「こちらでいかかですか？」

やわらかな微笑みを浮かべ、お嬢様にかしずく執事のような態度でたずねる紡さん。

姉も悪い気分ではないのか、まんざらでもなさそうに笑みを浮かべた。

「……モーツァルトのクラリネット五重奏ね。いい趣味じゃない」

「ありがとうございます。設楽美音（したらみおん）様、詩音（しおん）様。今日はお会いできて光栄です」

やっぱりわかってたんじゃないか！　というツッコミをしそうになったが、有名人が来ても態度を変えてはいけないということがよくわかった。私のようにいちいち驚いていては仕事にならないいし、お客様も話しづらいだろう。そのあたりはやはり、紡さんはプロフェッショナルだ。見習わなければ。

私たちは自己紹介して、ふたごの話を聞くことにした。ふたりの前には、マシュマロをのせたホットココアが並んでいる。

「……それでね、今度二分の一成人式のパーティーを開くことになったのよ。私たちの誕生日がもうすぐだし、成人の日とも近いからちょうどいいって。パパとママの知り合いとか、私たちの音楽関係者を呼ぶみたい。会場はうちよ」

恥ずかしがっている詩音くんに代わって、事情は美音ちゃんが説明してくれた。二分の一成人式というのは、十歳を節目の歳としておこなわれるイベントで、最近では小学校でも式典が開かれている。設楽家は名家としても有名で、かなり大きな会社も経営しているから、きっと自宅もパーティーを開けるくらいの大豪邸なのだろう。

「ママが、パーティー衣装は私たちで決めていいって言うから、ふたりだけで注文しにいきたいってお願いしたの。もう十歳だもの。ねっ、詩音！」

「う、うん。……ドレスとタキシードの絵も、描いてきた」

「デザイン画を描いてきてくださったんですか？　見せていただいても？」

紡さんが促すと、美音ちゃんが自慢げに胸を張って詩音くんを見た。

「もちろん。詩音、見せてあげて」

詩音くんがバッグからクリアファイルを取り出し、おずおずと紡さんに差し出す。紡さんは「ありがとうございます」と受け取ってから、私も一緒に見られるように、二枚のデザイン画をテーブルに広げる。

そこには、色鉛筆でキュートなイラストが描かれていた。ドレスのほうはピンクのフリフリでお姫様のようで、タキシードのほうは濃紺とシルバーでキラキラしている。こちらは、男性アイドルの衣装にありそうな華やかさだ。

「わあ、かわいい……！　タキシードのほうもかっこいい！　こんな素敵なデザイン画が描けるなんて、おふたりともすごいです……！」

私も小さいころはお絵描きが好きで、お姫様やアイドルの衣装を想像して描いていた。お友達とお絵描きしていても、私だけは顔よりもお洋服に凝り始めて、時間が足りなくなっていたんだよね。

自分の小学生のころよりもずっと上手な絵だったので、興奮気味に褒めてしまう。お客様の前ではしゃぎすぎたかな、とハッと我に返ったのだが、

「あ、ありがとう……」

と、ふたりとも照れながらお礼を言ってくれてホッとした。

「どうかしら。こんなふうに作れる？」

「そうですね……改めてデザイン画に起こすときに、少しだけ変える必要はありそうですが……、このイラストの雰囲気は壊さずにできそうです。細かいところも、相談しながら決めていきましょう」

「わあ、やった！」

ふたりは満面の笑みで手を合わせる。こうして顔を近づけていると、本当にそっくりだな。天然パーマの栗色の髪も、大きな瞳もおんなじ。美音ちゃんのほうが吊り目で詩音くんは垂れ目だと感じたけれど、それも表情による印象が大きそうだ。

「では、実際にこの場でさっとデザイン画に起こしてみますね」

紡さんはスケッチブックと鉛筆を取り出し、私たちの目の前でデザイン画を描いていく。ふたごは「わあ〜！」と目を輝かせて自分たちのイラストがデザイン画に直されていくのを見守っているが、私まで釘付けになってしまった。紡さんのデザイン画は何度も見たことがあるけれど、実際に描いているところを見るのは初めてだったから。

細部まで描き込んでいるのに、すごく速い。あっという間に二枚のラフができあがった。

「わあっ、すごい。本物のお洋服みたい」

ぱちぱちぱち。素直な拍手をもらって、紡さんが恐縮している。私もふたりの拍手に追従すると、紡さんにぎろっとにらまれたので両手を下ろした。

「こんな感じでいかがでしょうか」

「うーんと、リボンはもっと足せる……？」

詩音くんが、お姫様のイラストとデザイン画を交互に見てたずねる。

「ドレスの裾が重たくならないように、素材を工夫すればもっと足せますよ。ふわっとさせたいならパニエを重ねましょうか」

「あと、タキシードもちゃんとキラキラになるのかしら」

まだラフが白黒なので、少し不安そうな美音ちゃん。

「光沢感のある布やラメ入りの布をいくつか用意しておきますね。今日はデザインを固めて、次回、衣装に使う布地を選びましょう」

ふたりとも、自分の衣装じゃなくて相手の衣装のほうを気にしてあげるなんて、仲がいいんだな。

それにしても……、と少し違和感を覚え、ふたりの着ている私服を観察する。

美音ちゃんのほうは、ロゴの入った紫色の長袖カットソーにグレーのショートパンツと、活発な印象。詩音くんのほうは、厚手のシャツにブランドマーク入りのキャメル色のカーディガン、茶系のチェックのズボンと、トラディショナルなコーディネート。

ふたりの性格からしても、シンプルで動きやすそうなドレスと、控えめな色のタキシードを注文しそうに感じたのだが、持ってきたイラストは真逆だ。

きっと、私服の好みとフォーマル衣装の好みは違うんだろう。私もどちらかと言えばシンプルな格好のほうが好きだけど、ドレスを着るなら華やかなものに挑戦してみたいし。

この日はデザインを固めたあと採寸をして、ふたごは満足そうに帰っていった。

途中で布地を選ぶために来店してもらい、いよいよ仮縫い衣装の試着の日だ。

「う〜ん、どっちもすごく華やか。さすが紡さん」

トルソーにかかったドレスとタキシードを見て、私はため息をこぼす。

ピンク色のドレスのほうはオフショルダーで、チュールを重ねたスカート部分には、大きめのリボンがランダムで配置されている。プリンセス！　という感じのデザインだ。大人が着ると甘すぎるけれど、十歳の女の子にはこのくらい姫感があってもいいよね。

タキシードのほうは夜空のような光沢感のある濃紺素材で、中にシルバーのベストを着る。金糸と銀糸のまざった華やかな生地は、『どれが一番キラキラに見えるかな？』とふたりが熱心に選んでいたものだ。蝶ネクタイも濃紺の共布で、端に星形のスパンコールがついている。これも、フォーマルの中に子どもらしい遊び心があって楽しい。

どちらも、あのふたごに似合うだろうな。早く試着したところが見たいなとワクワクしているうちに、約束の時間になった。

「いらっしゃいませ！　お待ちしていました」

外からふたりの話し声が聞こえたので、先回りして扉を開ける。すると、「わっ」とびっくりして固まってしまったのは美音ちゃんで、「ありがとう」とスマートにお礼を言いつつ、すっと中に入ったのは詩音くん。

……ん？

なんだか少し違和感があったのだけど、それをうまく言葉にできない。なんだろう、モヤモヤする……。

「糸。コートをお預かりしたあと、おふたりを試着室に案内してくれ」

「あ、はい」

赤色と紺色のピーコートをお預かりし、ふたごを試着室に案内する。試着室といっても服屋にあるような小さなものではなく、人が四人入ってもまだ余裕があるような、四畳半くらいの個室だ。

「わぁ……。おふたりともすごくお似合いです……！」

衣装は思ったとおり、ふたごの雰囲気にぴったりだった。このままティアラと王冠をかぶせたいくらいのかわいさ。

ふたりも出来栄えに満足したのか、頬を紅潮させて、くるくる回ったり鏡の前でポーズをとったりしている。

紡さんはしばらくふたりの好きにさせたあと、腕に針山をつけて巻き尺を取り出した。

「微妙にサイズが変わっていますね。調整しますので、腕を上げた状態でじっとしていてもらえますか？」

紡さんが近づくと、ふたりが同時にびくりと身体を硬直させた。

「どうかしましたか？」

「な、なんでもないです。ちょっと緊張しただけで……」

採寸で身体に触れたときは平気そうな様子だったのに、どうしたのだろう。不思議に感じたが、そのまま微調整を進める。

ふたごの衣装に手を加え、糸を外したりまち針を刺していく紡さん。部分的にサイズも測り直して、メモを書き換えている。

正直私には、どこが変わったのかまったくわからないが、応急処置をしたあとのドレスとタキシードは、先ほどよりも身体に沿っていて綺麗なラインに見えるから不思議だ。

「あの……。サイズが変わっていて、ごめいわくをかけてすみません」

詩音くんが頭を下げ、美音ちゃんも気まずそうにしている。

「成長期ですから、短期間でサイズが変わることもありますよ。気になさらないでください」

紡さんが、私でも見とれてしまうような優しい笑顔を作ってフォローする。

大人のお客様でも仮縫いの段階で調整するのは普通のことなんだけど、ふたりはきっとオーダーメイドの衣装が初めてなのだろう。

お着替えをお手伝いしたあと、試着室から出てテーブルに座ったふたりにマシュマロ入りココアをお出しする。いつもなら「わぁい」と飛びつくのに、ふたりはカップに手を出さない。

「……どうしましたか？　なにか気になることでも？」

たずねても、ふたりは顔を見合わせるばかりで口を開かない。言いづらいことでもあるのかなと辛抱強く待ってみると、詩音くんが気まずそうな表情で、

「……お菓子の食べすぎで太ったかもしれなくて」

と、本音を漏らしてくれた。

なんだ、そういうことだったんだ。きっと最近、親に隠れてお菓子を盗み食いしたのかな。一日くらい食べすぎても、急に太ったりはしないのに。

「紡さんが数字を直していたのは肩幅や腕の長さでした。ウエストや二の腕じゃないから、太ったわけじゃなくて本当に成長期なだけだと思います」

私の言葉にホッ……とふたりの表情がゆるみ、やっとココアに手を伸ばす。

初対面のときは詩音くんがまったくしゃべってくれなかったが、私にも慣れたのか今日はたくさん話しかけてくれてうれしい。逆に、美音ちゃんのほうは前よりおしとやかな印象だった。ドレスを着てお姫様気分になっているのかも。

ふたりの衣装はここから仕上げるだけなので、店を訪れるのは本縫いが終わってからの試着のみだ。それもつつがなく終わり、ふたりに無事、完成した衣装をお渡しできた。

これで私たちの仕事は終わりだと安心したのだが……。

「えっ、私たちに二分の一成人式の招待状ですか」

数日後の閉店作業中、紡さんから驚きの事実を聞かされる。

「ああ。美音様と詩音様が衣装をとても気に入ってくださり、俺たちを呼びたいとご両親にかけあってくれたそうだ」

紡さんが渡してきた招待状には、『仕立屋filature様』と宛名が書いてある。裏面には、ふたごの名前が箔押しされている。クリーム色の上質な封筒にシーリングワックス風のシールで封がしてあって、招待状だけでもすごくお金がかかっていそう。さすが、セレブのパーティー。

「そうだったんですか……。でも、私までいいんですか？」

私は助手だから、衣装を作るお手伝いをほんの少ししただけだ。それに、紡さんはかっこいいからセレブのパーティーにいても視線を集めるだろうけど、私は平凡すぎて悪目立ちしないだろうか。

「ぜひふたりで、と書いてあるから問題ない。パーティーは次の日曜の夜だから、店を早めに閉めて向かうぞ」

紡さんはそんなこと、ちっとも気にしていないみたいだけど。

「あ、それと、ドレスは用意しておけよ」

「ドレス……そうですよね、わかりました」

ドレスなんていとこの結婚式にお呼ばれしたときしか着たことがないが、そういう感じで大丈夫なのだろうか。本当は紡さんに仕立ててもらえれば安心なのだけど、時間もお金もないし。

「紡さん。あの……、ドレスはどんなものを選べばいいですか？　パーティーって初めてだから、よくわからなくて……」

場違いなものを着ていって恥をかくのは嫌なので、素直に相談してみることにした。

紡さんは「そうだな……」としばらく考えたあと、立ち上がる。

「ちょっと待ってろ」

待つこと数分。倉庫から工房に戻ってきた紡さんは、ハンガーにかかった紺色のドレスを持っていた。

「わあ……、素敵なドレスですね！」

Aラインのシンプルなノースリーブドレスだが、裾がアシンメトリーになっていて、金色の糸が刺繍された裏地が見えるようになっている。一見シックなのに動くたびにちらちらと華やかな部分が見え隠れする、というのがすごくツボだ。

「以前、サンプルとして店のショーウインドウに飾っていたドレスだ。これだったら、少しサイズを直すだけでいけるんじゃないか？　ちょっと着てみろ」

紡さんが、私にずいっとドレスを渡してくる。

「い、今ですか？」

「今試着しないと、日曜日までにサイズが直せないだろ」

「わかりました……」

戸惑いながらドレスを抱いて、試着室を借りる。

制服はスラックスだから下にストッキングをはいていないし、そもそも着替えて紡さんに見せるなんて、カップルの試着待ちみたいでなんだか恥ずかしいんだけどっ、とドギマギしながらも服を脱いでいく。しかし、ドレスに袖を通した瞬間、ぐるぐる考えていたことが頭から飛び去った。

「わあ……着心地がすごくいい！　肌触りがするする……！」

触れたところが気持ちいい、するんと落ちる素材。自然に絞られたウエストと、そこから広がるスカートのラインのおかげでスタイルがよく見える。パニエを下にはくと裾がふわりと広がり、金色の刺繍が鏡の中できらめいた。まるで、着ただけでお嬢様になった気分だ。

本当に素敵な服はその人の心持ちまで変えてしまう。そして紡さんのドレスには、その力があった。

このドレスがあれば、パーティー会場にも自信を持って向かえそう。さっきまで卑屈な気持ちだったのが嘘みたいだ。

パンプスはないのでローファーを履いて、おずおずと工房の扉を開ける。

「あ、あの……。紡さん、どうでしょうか」

「ああ、着終わったか。どう……」

書類を整理しながら振り向いた紡さんは、その体勢のまま固まってしまった。

「あの、紡さん……？　どうかしましたか？」

声をかけると、「ああ、いや、なんでもない」と言いながら咳払いしている。

「よく似合っている、と思う。サイズ調整もほとんど必要なさそうだな。ウエストだけ少し詰めるか……」

そのあと紡さんはまち針で仮止めをしてくれたのだが、いつもよりスピードがゆっくりに感じた。気のせいだろうか。

そして、日曜日。私たちは早めに店を閉めてパーティーの準備に移った。

予約していた美容院で髪をセットし、パーティー用のメイクを施してもらう。パンプスとパーティーバッグはいとこの結婚式で使ったものがあったのでそれを使い、着替えてお店に向かう。店の前にハイヤーが来てくれる手はずになっているので、紡さんと待ち合わせしたのだが……。

「わ、わぁ～……」

扉の前に立っている紡さんの姿を見た瞬間、私は思わず間の抜けた声を発してしまった。

「なんだ、その声は」

「す、すみません。いつもと雰囲気が違ったので……」

かっちりしたコートを着て、いつも下ろしたままのサラサラの髪が後ろに流してある。極めつけは手に持った大きなバラの花束だ。なんなんだろう、男性なのにダダ漏れているこの色気は。

素敵なドレスを着て、こんなかっこいい人と一緒にパーティーに行くなんて、普通だったらシンデレラ気分だろうけれど、今日はあくまで仕事の一環で、上司と部下として出席するのだから舞い上がってはいけない。

「糸、車が来た」

そうこうしているうちにカボチャの馬車がやってきた。黒塗りのハイヤーに乗りしばらく走ると、私たちは都心から離れた閑静な住宅街で車を降りた。

「うわあ～……、すごい豪邸ですね」

高い門の内側には、見上げるほど大きな洋館がある。むしろ、小さめのお城と言ってもいいかもしれない。個人宅だと知らなかったら、結婚式場や貸しスタジオだと勘違いしたたろう。

敷地内に入ると、急に紡さんが身体を寄せてきた。

「糸。俺の腕をつかんでおけ」

「えっ、なんでですか」

「招待されている客は、ほとんどが夫婦やカップルでの出席だ。エスコートをしていないと変に思われる」

「えっ、ええ～……っ」

周りを見回すと、たしかに男女一組で会場に入っていく。みんな自然に腕を組んでいるけれど、こんなのテレビでしか見たことない。まるで社交界みたいだ……というか、むしろこの場が社交界なのか。

すごいところに来てしまった……と愕然としながら、紡さんの腕に腕を絡める。タキシードの生地越しに紡さんの腕の感触を感じるけれど、意外と筋肉質なんだな……。なんて、そんなことを考えている場合じゃない。

私は『これは仕事、これは仕事……』と心の中で唱え、爆発しそうな心臓をなだめることにした。

パーティー会場は、住まいとは別棟のホールがある建物らしい。入口では、執事服を着た人が招待状をチェックしている。

「今日は、おふたりの演奏はあるんでしょうか？」

「いや、ないと聞いている。一応、ふたりのお祝いだからな。ほかの音楽関係者の演奏ならあるかもしれないが」

「そうなんですね」

うーん、ふたりの生演奏が聞けないのはちょっと残念。でも、自分たちのお祝いなのに演奏したくないよね。まだ子どもなのに、お仕事として楽器の演奏をしているだけでえらい。今日は仕事のことは忘れて楽しめているといいな。

受付で招待状を出して花束とコートを預けると、紡さんがぱっと輝くような姿になる。

光沢感のあるグレーのロングタキシードに、黒のベスト。そして蝶ネクタイでも普通のネクタイでもなく、貴族のようなライトグレーのクラヴァットを首に巻いている。それがとんでもなく似合っていて、物語の世界から出てきた王子様みたいだった。

「どうした？」

「い、いえ、なんでも！」

素直に『お似合いです』と褒めればよかったのに、見とれていたことに気づかれたくなくてごまかしてしまった。

紡さんにエスコートされながら会場に入る。すると、まるで鹿鳴館かと思うようなクラシカルな世界が広がっていた。

「うわあ、素敵……！」

濃い茶色で統一された階段や扉。深紅のカーペットが床一面に敷かれ、天井にはシャンデリア。壁の端にはビュッフェ形式で料理が置かれ、会場に点在しているクリーム色のテーブルクロスがかかった丸テーブルでは招待客が談笑していた。テーブルがなかったら舞踏会でも開けそうなくらい広い。グランドピアノも置いてあるけれど、今日は使う予定がないのか蓋がしまっていた。

ハの字にかかっている階段は、吹き抜けになっている二階部分に広がっている。劇場の二階部分みたいな感じだ。大きな掃き出し窓の向こうは、テラスにつながっているのかな。

「パーティー会場っていうからもっと結婚式場みたいな雰囲気を予想していたんですけれど、落ち着いていて素敵ですね……！」

私は紡さんと密着していることも忘れてはしゃいでしまう。紡さんと目が合うと、私を見て笑っていた。

「ドッグランに来た犬みたいだな」

「わ、私がですか」

「ああ。楽しそうでいい」

なんだか馬鹿にされたような気もするけれど、紡さんには笑顔でいてもらったほうが緊張しないから、許してあげることにする。

珍しく、くっくっと声を出して笑ったあと、紡さんは会場の説明をしてくれた。

「ふたごの父は建築にも精通していて、家を建てる際もかなりこだわったらしい。子どもたちが演奏会を開くことを想定して、ヨーロッパ風にしたとか」

たしかに、この会場でヴァイオリンやピアノの演奏を聞いたら、中世ヨーロッパにタイムスリップした気持ちになってしまうかも。

「そういえば、自宅の外装もヨーロッパ風で素敵でしたもんね」

「ここの内装も、本場のアンティークを取り寄せたりしてこだわっているらしいぞ」

「えっ、じゃあ、もしかしてあのシャンデリアも……？」

会場内をうろうろしているうちに時間が来て、パーティーが始まった。まずはふたごの父親の挨拶があり、その後ふたごの簡単な挨拶。そこで乾杯がおこなわれて歓談タイムになり、スクリーンでは『十歳までの歩み』として、ふたごの経歴の紹介ムービーが映し出されている。よちよち歩きのころから、美音ちゃんが子ども用ヴァイオリンを弾いているシーンがあってびっくりした。それに合わせて、ちっちゃいお手々の詩音くんがピアノで伴奏をしている。ふたりが十歳にして天才音楽家なのは、こういった英才教育の賜物なのかなぁと感じる。一般の家庭では、子ども用ヴァイオリンがそのへんにあったりしないもんね。

ようやくエスコートからも解放されて、紡さんとそれぞれビュッフェの料理に舌鼓を打っていると、かわいらしいお姫様と王子様がこちらに駆けてきた。

「仕立屋さん！」

ピンクのドレスを着た美音ちゃんはくるくるに巻いた髪の毛を下ろして花冠をつけている。詩音くんのほうも髪をかっこよくセットして、胸元に白い生花を飾っていた。

「美音様、詩音様。十歳おめでとうございます」

「こちらこそ、来てくださってありがとうございます」

私たちがお祝いを述べると、ふたごも揃ってお辞儀をした。

「ここに来るまでに、衣装をいっぱい褒められたの」

「ステージ衣装を見慣れてるパパとママも、褒めてくれた」

詩音くん、美音ちゃんの順で、自分たちの衣装の評判を報告してくれた。ふたりで顔を見合わせてにこにこしているのが、本当にうれしそうでこちらまで笑顔になる。

「そう言っていただけると、仕立屋冥利につきますね。褒められたのは衣装ではなく、おふたりが今日は一段と輝いているからだと思いますが」

紡さんは子ども相手でもリップサービスを忘れない。いや、お世辞を言うような人ではないから本当にそう思っているのかも。

「え……」

詩音くんがぽっと顔を赤らめて、美音ちゃんに「ちょっと」と袖を引っ張られていた。男の子まで赤面させてしまう紡さんはすごい。

「やはり、サイズ調整をしてよかったですね。とても綺麗に着られています」

ふたりの衣装を見ながら紡さんがそう言うと、ふたごはドキッとしたように肩を跳ねさせて口をつぐんだ。

「……美音様？　詩音様？」

なにか言いたそうな視線を私たちにちらちらと投げながら、もじもじしているふたり。どうしたんだろう。

困惑して紡さんを見上げると、真剣な表情でふたごを見つめていた。

「おふたりは、もしかして――」

そうして彼が口を開きかけた瞬間、急に会場が暗くなり、ふたごにスポットライトが当たる。

　周囲がざわざわし始めたが、ふたごにとっても予想外のことらしく、「えっ、なに？」と不安そうな顔でくっついている。

　ざわめきがピークに達したとき、スポットライトが階段の上に移り、マイクを持った設楽さん――ふたごの父親が下りてきた。

「みなさん、お待たせしました！」

　快活な笑顔を浮かべ、歯を見せながら話す設楽さんは、実業家らしく大勢の前でのスピーチ慣れしている。

「ここからはサプライズとして、美音と詩音に演奏してもらいます！」

　グランドピアノに当たるライト。さっき閉まっていた蓋は開けられ、傍らにはヴァイオリンも用意してある。

「えっ。今日は演奏しないって言ってましたよね」

「ああ。だが……、設楽さんは最初からこの演出をするつもりだったのかもしれない」

　難しい顔の私たちをよそに、招待客からは拍手があがる。

「ど、どうしよう、お姉ちゃん」

「どうしようって言ったって……。私にもわからないわよ」

こそこそと会話するふたりは、拍手が続いても動かない。

「どうしたんだい？　ふたりが好きな曲を弾いてかまわないから、さあ！」

設楽さんが焦ったようにふたりを促し、拍手が止まってざわめきに変わったとき、紡さんがふたりに近寄った。

「おふたりとも、大丈夫です。そのまま……」

なにかを小さな声で耳打ちすると、ふたごはうなずいて楽器に向かった。しかし――。

ピアノに座ったのはヴァイオリン奏者の美音ちゃんで、ヴァイオリンを構えたのは詩音くんだ。

「あれ？　どうしてだ？」「逆じゃなかったっけ？」という声が周囲からあがる。

「どういうことですか？　これももしかして、サプライズ？」

紡さんに問いかけたけれど、彼はじっとふたりを見つめたまま黙っている。

ふたごが目線で合図し、ヴァイオリンとピアノの合奏が始まった瞬間、会場は水を打ったように静まり返った。

ＣＤにも収録されている、ふたりが作曲したオリジナル曲。それはＣＤ音源がそのまま聞こえてくるような完璧な演奏だった。

どうして？　ふたりは楽器を交換しているはずなのに……。

そんな疑問がわいたのも最初だけで、ふたりの演奏に引き込まれていく。ときおり視線を絡ませて笑顔で演奏するふたり。音楽が大好きなのだとだれもがわかる、こちらまで楽しくなってしまうそんな演奏で、ふたごがテレビに引っ張りだこな理由がわかった。

こんな演奏、一度聞いたら癖になってしまう。もっとこのふたごが奏でる音楽が聞きたいって。

音が楽しそうに跳ねる、はじける。耳に心地よい音色が、別世界へと連れていってくれる。クラシックに詳しくない私でも、ふたりが音楽の神様に愛されていることがわかった。

三曲ほどメドレーで続いた演奏が終わり、深々とお辞儀したふたりに大きな拍手がわく。ふたりが顔を上げたあと、詩音くんがマイクを取った。

演奏が大成功したのにこわばった表情をしているな、と不審に思ったあと、予想外のセリフがスピーカーから響いた。

「ごめんなさい。実は私、姉の美音なんです。私の格好をしてピアノを弾いたほうが、弟の詩音」

「……えっ？」

私がぽかんとしたのと同じで、周りの人たちもなんと反応していいかわからず、唖然としている。

濃紺のタキシードを着ている美音ちゃんは、いつものはきはきしたしゃべり方だ。

さっきは、詩音くんの口調を真似ていたってこと？

「私たち、衣装を交換したの。そのほうがパーティーが盛り上がると思って。演奏はなかって聞いていたから、こんなに大事になると思わなくて……。ごめんなさい」

「ごめんなさい……」

ドレスを着た詩音くんが、謝罪しながら美音ちゃんの隣に並んだとき、女性の金切り声が飛んできた。

「美音、詩音！」

びくっと肩をすくめたふたりのもとに、両親があわてた様子で駆け寄ってきた。

「どういうことなんだ！　こんな日にいたずらをするなんて……！」

「音楽関係者の方だっていらっしゃるのに、どう説明したらいいの！」

さっきまであんなに楽しそうに演奏していたのに、ふたりはうつむき、今にも泣きそうになっている。

ふたりの近くに行ってフォローしてあげたかったけれど、両親の剣幕に足が動かなかった。

「まあまあ、盛り上がったしいいじゃないですか」

両親の近くにいた紳士が、ぽんと父親の肩を叩く。

「なかなかいいサプライズでしたよ」

その隣にいた人も重ねてフォローし、両親は「まあ……。みなさんがそう言うのなら」と怒りをおさめてため息をついた。

「もういいわ、詳しい話はパーティーが終わったあと聞くから。あなたたちは今すぐ着替えてきてちょうだい」

「はい……ママ」

ふたりは手をつないで、意気消沈した様子で会場を出ていく。ふたごの両親はとても綺麗な人たちだったけれど、なかなか厳しそうだなと感じた。子どもの才能を育てるには、それくらいじゃないといけないのかもしれないけれど、どうしてふたりは怒られるとわかっていて、こんなサプライズを考えたのだろうか。仕立屋での美音ちゃんと詩音くんは、ごく普通の、聡明で明るい子どもに見えた。理由もなくこんなことをするとは思えないんだけど……。

ふたご登場前の雰囲気に戻った会場では大人たちがカクテル片手に談笑していて、だれもふたりが衣装を交換した理由なんて考えていないように見える。

それはこの、すました顔でシャンパンを飲んでいる紡さんも同じであって……。

「あの……、紡さん。さっきふたりに、なんて言っていたんですか？」

気になっていたことをたずねると、紡さんはシャンパングラスに口をつけたまま目線だけで私を見下ろした。

「気になるのか？」

「あ、当たり前じゃないですか！　理由もなくあんなことする子たちじゃないでしょう」

自分もここにいる大人たちと同じと言われたみたいで気分が悪い。

「美音ちゃんも詩音くんも、いい子なんです。短期間とはいえふたりと接してきたんだから、私にだってそれくらいわかります」

「だったら、本人たちの口から聞くのが一番早い」

きっ！　と紡さんをにらみつけたけれど、彼はまったく動じていないようだ。

「でも、本人たち、って……」

「そろそろ戻ってくるだろう。……ほら」

紡さんが入口のほうに目を向けると、衣装を取り替え終わったふたりが会場に入ってくるところだった。そしてふたりはきょろきょろと会場内を見回したあと、私たちに向かって迷いない足取りで向かってくるではないか。

「仕立屋さん、ちょっといいですか。お話があります」

ドレスの上にファーボレロを羽織った美音ちゃんと、タキシード姿の詩音くんは、まっすぐに紡さんを見ている。

「……ほんとに来ちゃった」

ぽかんとしている私に向かって、紡さんはわずかに口角を上げた。


どこか人気のないところへ、と言われ、私たち四人は吹き抜けになっている二階部分に向かった。室内の暖房が流れてくるとはいえ、窓際なので少し寒い。肩をさすっていると、紡さんが自分のタキシードを脱いで私にかけてくれた。

「え……。ありがとうございます」

「風邪をひかれて、仕事を休まれても困るからな」

セリフはぶっきらぼうだけど、私の体調を気遣っての行動だとわかる。自分だって、シャツとベスト姿になったら寒くないわけないのに。

ジャケットにはまだ紡さんの体温が残っていて、ちょっとだけ胸がきゅっとなった。

「あの、ごめんなさい。こんな場所しかなくて……」

いつもふわふわな美音ちゃんと詩音くんの髪の毛は、ぺったりとボリュームをなくしている。先ほどまではウイッグをかぶっていたのだろう。

「大丈夫です。それより、お話とは？」

紡さんが促すと、「あの、さっきのことなんだけど」と美音ちゃんが前置きする。

「演奏をしろって言われて私たちが固まっていたとき、『そのまま楽器を弾いてみてください。ネタばらしするのは、そのあとのほうがいいです』って言ってくれたわよね」

「ええっ？」

あのとき紡さんは、そんなことをささやいていたの？

「そのおかげでぼくたち、ちょっとしか怒られずにすみました。これから怒られるかもしれないけれど……。でも、助けてくれてありがとうございます」

いつもおとなしい詩音くんが、一生懸命言葉を探して、紡さんにぺこりと頭を下げる。

美音ちゃんも「ありがとうございます」と続いた。

「紡さん、あのときにはもう、ふたりが衣装を交換していたこと、わかっていたんですか？」

だって、そうじゃなかったら『ネタばらし』なんて単語、出てこない。

でも、私の言葉になぜか美音ちゃんが首を横に振る。

「ううん、違うの。私たちも楽器を弾くまでは、そう思っていたんだけど……」

「……どういうことですか？」

美音ちゃんと詩音くんは、お互いの着ている衣装をじっと見つめたあと、私たちに向き合った。

「私が着た詩音のタキシード、すごく弓が動かしやすかったの。普段はノースリーブのドレスを着て演奏することが多いから、長袖だとどうしても違和感があるんだけど、それがなかった。あとで確認したら、右袖のほうだけゆったり作ってあった」

「ぼくが着た美音のドレスも、ペダルを踏むのに裾がさばきやすかったんだ。ズボンじゃなくて長い丈のドレスだから絶対足が動かしにくいと思ったのに……。パニエの裏地に、すべすべした生地が使ってあったおかげだった」

ふたりの訴えを聞いても、私には意味がわからない。

「えっ、それって……？」

「仕立屋さんは、私たちが入れ替わっていたことに気づいていたのね。最初から――私たちが仕立屋に、仮縫いの試着に行ったときから」

「え、ええっ」

ふたりが、以前から入れ替わっていた？　つまり、三回目以降店に来たときには、美音ちゃんは詩音くんの服を着て、詩音くんは美音ちゃんの服を着ていたということ？

そしてウイッグまでかぶって、お互いのふりをしていた……。

「パーティーでは演奏はしないって伝えておいたのに、それでも万が一のときのために、衣装を入れ替えたままでも演奏がしやすくしてくれたんでしょう？」

「そ、そうなんですか？」

黙ったままの紡さんを仰ぎ見ると、静かにうなずく。

「わ、私、全然気づかなかった……」

「無理もない。俺も二回目の採寸で気づかなかったら、違和感だけで終わっていた」

「採寸……。そうか、あのとき……！」

サイズが変わったことを伝えたとき、ふたりは深刻な顔をしていた。そこから入れ替わったことがバレるのを心配していたのかもしれない。

そういえば、仮縫い試着の日は詩音くんが饒舌で美音ちゃんがおとなしく、あれっと思ったんだった。そして違和感といえば、ドレスとタキシードの好みが、私服とは違うなと感じたこと……。それに紡さんを見て顔を赤くするのは詩音くんのほうだったり、改めて振り返ってみれば、ヒントはそこら中に散らばっていた。

「声色まで変えて、しぐさも真似していましたよね。性格だけは完全には模倣しきれていませんでしたが」

紡さんはそれに気づいていたのに、私にもふたご本人たちにも黙っていたのか。おそらく、お客様の事情を汲むのが仕立屋としてのポリシーだからと、ふたごを尊重した結果だと思う。

「そもそもどうしておふたりは、衣装をとりかえっこしようと思ったんですか？　こんな、大人がたくさん来る日に……」

私の問いかけに、ふたりはきゅっと唇を引き結び、緊張した表情になる。

「仕立屋さんだけにはお話しするね。……ほかの人には秘密にしてくれる？」

「もちろんです。お客様の秘密を守るのも、仕立屋の仕事ですから」

紡さんの返事に、ふたりはホッとした様子で口を開いた。

「あのね、弟はかわいいものが好きなの。青よりピンク、ミニカーよりぬいぐるみ。ママに言うと〝男の子なのに〟って嫌な顔をされるから、内緒なんだけど」

「それでね、お姉ちゃんは、『かわいい』よりも『かっこいい』のほうが好きなんだ」

ふたりはそれから、今回のサプライズを思いついた経緯について説明してくれた。

美音ちゃんはボーイッシュな性格だけど、ヴァイオリニストという立場から、演奏時はドレスを着ることを求められ、舞台映えを考えて髪も伸ばしていた。詩音くんはかわいいものが好きで女の子の服が着たかったけれど、姉以外にはそのことを隠していた。

ふたりはいつしか、お互いの服を交換して遊ぶようになる。だれにもバレないように、家の中で短時間だけ。ウイッグはこっそり買って、部屋の中に隠しておく。

でもふたりは、だんだん服を交換するだけでは満足できなくなっていた。

『お姉ちゃんの服はショートパンツが多いから、ぼくもドレスが着てみたいなあ』

『でも、ドレスを着るのって演奏会やコンクールのときでしょ。さすがに入れ替われないわよ』

無理だと思っていたステージ衣装の取り替えだが、そんなときに二分の一成人式の話が舞い込む。お祝いだから演奏はしなくていいと言われ、『これはチャンス！』と決意を固めるふたり。

もう十歳だから自分たちで衣装を決めたいと両親に訴え、ふたりだけで仕立屋に行く許可をもらう。そしてあらかじめ、お互いの希望を入れて描いておいたデザイン画を出す。

「仕立屋さんに三回目に行くときは、途中で着替えたの。試着するなら本番と同じようにしなきゃって思って……」

ふたりは、大人をだまして楽しむ目的で入れ替わったんじゃないんだ。〝なりたい自分〟になる方法がそれだったから、力を合わせてがんばったんだ。姉は弟のために、弟は姉のために。私はそれが、とても尊い姉弟愛だと感じた。

そして、それを黙っていただけでなく、もしもの可能性を考えて、楽器を演奏しやすい服に作り直した……そんな紡さんをすごいと思う。そもそも私は、ドレスやタキシードに演奏するための工夫を施すことすら、知らなかったのだから。

「ありがとう、仕立屋さん。今日はとっても楽しかった。私たちが大人になったらまた、ステージ衣装を作ってね」

そんな、天才ふたごの少し切ない微笑みで、今日のパーティーは終わろうとしていたのだが――。

私たちがホールに戻ると、ふたごと同じくらいの年頃の女の子が駆け寄ってきた。

「美音ちゃん、詩音くん！」

「すみれちゃん！　来てくれたんだ！」

美音ちゃんがうれしそうに女の子と手を取り合う。

「うん！　クラスのみんなと先生もあっちにいるよ」

話の内容から察するに、すみれちゃんはふたごのお友達なのだろう。クラスメイトと担任の先生にも招待状を出していたんだ。

「お洋服、もう交換しちゃったの？」

ふたごと会話して気づいたのか、すみれちゃんが首をかしげる。

「うん……。ママとパパに早く着替えろって言われて」

「そうなんだ。せっかく一緒に写真撮りたかったのに、残念」

「写真？」

ふたりが不思議そうに顔を見合わせる。

「うん。だって、ふたりともすっごく似合ってたもん！　さっきもみんなと褒めてたんだよ」

「褒めてたの……？　ほんとに……？」

戸惑っていたふたりの表情が、徐々に高揚していくのを私は見た。

「あ〜、私もかっこいいタキシード、着てみたくなっちゃったな〜」

「あ、あの、すみれちゃん……っ」

緊張したように手のひらをぎゅっと握って、美音ちゃんが声をかける。

「よかったら今度、うちで着せ替えごっこしない……？　えっと、詩音のタキシードも用意しておくし」

「えっ、いいの？」

ぱあっと、顔が輝くすみれちゃん。

「もちろん！」

それを見たふたごも、つられていつもの笑顔に変わった。

「ねえ、美音ちゃんも詩音くんも、みんなのところに行こうよ」

「うん！」

「じゃあ、仕立屋さん、またね！」

私たちに元気よく手を振ったあと、三人でクラスメイトのもとに駆けていく。

「子どもって、柔軟で素直で、いいですね」

「ああ」

ふたごの寂しい顔でパーティーが終わらなくてよかった。紡さんもそう思ったのか、私たちは去っていく子どもたちの後ろ姿を、しばらく眺めていた。

「同級生の女の子には救われましたが、普段は親の前でも自分を偽って我慢しているなんて、なんだか切ないですね……。ふたりがいつも、自分らしくいられればいいのに」

帰りも用意してくれたハイヤーの中で、私は眉根を寄せながら自分の気持ちを紡さんに吐露する。

普段大人たちの世界にまじっているのもそうとう疲れることなのに、本当の自分をさらけ出せるのがお互いだけだなんて、ふたごがかわいそうだ。

でも、紡さんの見解は私とは違うようだ。片肘をつき、ハイヤーの窓に寄りかかった体勢のまま、クールな眼差しを私に向ける。

「大丈夫だろう。これだけ肝が据わったふたりなんだ。そうなれる日も近いと、俺は思うが」

「そう……なんですか？」

「そうだ。それに、クラスメイトはみんな褒めていたと女の子が言っていただろう。理解してくれる友達がいるということは、ふたりにとって支えになるはずだ」

悔しいけれど、紡さんが言うとそのとおりになる気がする。

「そっか……。きっとそうなりますよね」

ふたりが自分の好きなものを隠さなくてもよくなった未来が、見える気がした。

ショートカットのヴァイオリニストが誕生するのも、もうすぐかもしれない。

「それにしても、紡さんはちょっとひどくないですか？　ふたごが入れ替わっていることを私に黙っているなんて」

隣に座ってる紡さんに、お尻ごとずいっと近づくと、顔を逸らされた。

「仕方ないだろう。仕立屋にも守秘義務はあるんだ」

「そうですけど……。だったら私も共犯だって、言いたいんです！　もう、仕立屋『filature』は、紡さんひとりのお店じゃないんですから」

これを言うのは、私も恥ずかしかった。でも、このままずっと部外者扱いだなんて、嫌だったんだ。

うつむいた私の隣で、空気が動く。紡さんが微笑んだ気配がして、優しい声が飛んできた。

「悪かった。今度からは、君を頼る」

「わ、わかってくれればいいんです」

頬が熱くなったから、ごまかすように窓の外を見る。窓ガラスに映った紡さんも同じように外を見ていて、今彼がなにを考えているのか、なんだか無性に知りたくなったんだ――。

四着目　母のためのウエディングドレス

ウエディングドレス。それは女性の夢。一度は着てみたい憧れの服。

もし自分が着るならどんなドレスにするだろう。腰からふわりと広がったプリンセス・ラインは定番だし、清楚なマーメイド・ラインもいいよね。トレーンの長さとか、ヴェールの種類とか、考え出したらきりがない。

全部自分で決めていいですよって言われたら、すっごく迷ってしまうかも……。

結婚どころか恋人がいない私だってここまで妄想できるのだから、やっぱりウエディングドレスって、人生の中で身につける衣装の中で一番特別なのかも。


「ええっ、ウエディングドレスの注文ですか？」

バレンタインも目前に控えた二月、私は紡さんからの報告に驚きの声をあげた。なんと『filature』に、ウエディングドレスの依頼が入ったというのだ。

ウエディングドレスといったらレンタルのイメージがあるけれど、中には購入する人もいる。既製品もあるし、セミオーダーなんていうものも。フルオーダーメイドは憧れるけれど、高級なイメージだった。芸能人みたいに、時間とお金に余裕のある人しかできないような……。それを言ったら紡さんに、

「そんなことはない。今回の依頼だって普通のお客様だ」

と否定されてしまった。要は、ドレスにどれだけこだわるかという話らしい。

「それにしても、オーダーメイドのウエディングドレスって、専門のお店で作るものだと思っていました。うちの店でも作るんですね……！」

「多くはないが、祖父の代では何人かいたな。俺に代替わりしてからは初めてだが」

周りの友達で結婚している人はいないし、結婚式に参加したのも、いとこの結婚式に招待された一回きりだから、ウエディングドレスを間近で見られるというだけでうれしい。

紡さんの作るドレスはどれも素敵だし、それがウエディングドレスになったらどれだけ素晴らしいものができるんだろう。考えただけでワクワクしてしまう。

私が胸を高鳴らせていると、紡さんがファイルのしまわれた本棚をごそごそと漁り始めた。

「参考までに祖父のデザイン画を探しているんだが、糸も見てみるか？」

「はい、ぜひ！」

十年以上前のものだというデザイン画を見せてもらい、今でも通用するデザインにときめいた。ある程度の流行り廃りはあっても、大事な部分は変わっていないんだとわかる。

「あの、ウエディングドレスに関して学べる本があったら、貸してください！」

紡さんと一緒に接客するようになってから、スーツやドレスのことは学んできたけれど、ウエディングドレスに関しては初めてだから知識が足りない。でも、一生に一度のことだから、私だって仕立屋としてお客様の役に立ちたい。

家に帰ってからも、紡さんに貸してもらった本で勉強した。ウエディングドレスを着用する際の肌見せは三割とされていて、グローブの長さで調整することや、会場の広さによってドレスのラインを変えたほうがいいことも、初めて知った。たとえば、裾の広がりが大きいプリンセス・ラインやトレーン——床に引きずるスカートの後ろ裾部分——の長いドレスはホテルなどの大きな披露宴会場に向いていて、エンパイアラインやマーメイドラインのすっとしたドレスはガーデンウエディングなどのカジュアルな場に向いていること。ドレスの生地にも格式があり、会場に合わせるということも知らなかった。

「ただ、好みで選ぶんじゃないんだな……」

基本的にはお客様の注文に合わせるといっても、これらの知識があるのとないのとでは提案にも差が出てくる。やっぱり、勉強してよかった。最近では、あえて私に接客させようとして、お客様との会話の途中で紡さんが引くこともある。いい提案をすればそのまま進めてくれるし、そうでなければ横からすっと訂正される。お客様の目の前で試験を受けているようなものだから、毎回ドキドキなのだ。

ふたごの事件のことで、紡さんは仕立屋として、私がたどり着けないような遥か高みにいることがわかった。知識も技術も、そして洞察力も、生半可な努力だったらきっと十年たっても彼に追いつけない。紡さんは子どものころからお店に出入りして、仕立屋の仕事に触れてきたのだから、年季が違う。

「だから私も、がんばらないと！」

見習いを脱して、紡さんに一人前だと認められるために。

ウエディングドレスのお客様の予約日当日、なんだか私はそわそわしてしまっていた。

突然、床の磨きが足りない気がしてモップを持ち出したり、壁にかかっている絵が曲がっている気がして何度も直したり。

「なんなんだ、さっきから。予防接種に来た犬みたいだぞ」

紡さんも私の様子に気づき、お小言が飛んでくる。この前から、しょっちゅう犬にたとえられるのはなんでだろうか。そんなに私が犬っぽいのか……単に紡さんが犬派なだけ？

「す、すみません。なんか花嫁さんと会えると思ったらそわそわしちゃって」

「普通のお客様だぞ」

「そうですよね。でも私、よく考えたら結婚式前の女性と会うのって初めてで……」

人生の一大イベントに立ち会う、それもスタッフ的な役割で――。そう考えたら責任重大だ。言ってみればウエディングプランナーさんと立場は一緒なのだから。

それに――。

「どんな感じなんでしょうね。調べたら、結婚式前の女性は幸せホルモンが出てぐんぐん綺麗になるとか、ダイエットしなくてもどんどん痩せるとか、ネットに書いてあったんで。あとは、いるだけで周りの人にも幸せがうつって、綺麗になるんですって！」

きっと、女性の身体にすごい変化が起きているに違いない。見ただけでわかるものなのだろうか？　オーラがキラキラしているとか、お花が飛んでいるとか？

私が両手をお祈りポーズにしてときめいていると、紡さんが額を押さえ、頭痛がひどい人みたいなうめき声を出した。

「……わかった。糸、君が落ち着きがないのは、偏った情報ばっかり仕入れているからだ」

「えっ」

「過剰な期待はするな。……まったく、どうしてそこまでネットの知識を信じ込めるんだ。君の言い方だと花嫁は妖精か妖怪だぞ」

「よ、妖怪……」

紡さんの冷静なツッコミで、私のテンションはすとん、と落ち着いた。

「むしろ、結婚前は様々なプレッシャーからマリッジブルーになる女性も多い。悩みの多い時期なのだから、それに寄り添うつもりで接客するんだ」

「……はい。わかりました」

マリッジブルー。さすがに私でも、その単語には聞き覚えがあった。

そうだよね。名字が変わる人もいるし、住む場所が変わったり、急に知らない人たちが新しい家族になるんだ。喜びよりも不安のほうが大きくなって当たり前だ。

「私、ダメですね。花嫁さんのいい部分しか見てなかった……。紡さんのほうが、よっぽど結婚前の女性の気持ちがわかってます」

肩を落とすと、紡さんはシャツの襟とループタイを直しながら私の隣に立った。

「いいんじゃないか？　最近は結婚をしない選択をする人も多いからな。結婚にそこまで夢を見られるのはある意味貴重だ」

「はあ……」

フォローなのだろうけれど、あまり褒められている気がしない。

無駄な会話を繰り広げているうちに約束の時間になり、ゆっくり店の扉が開いた。

「あのー……、こんにちは」

か細い、でも透き通った声を発したのは、ロングヘアの女性だ。歳は二十代後半くらい。扉を中途半端に開けたまま玄関に佇んでいる。

「こんにちは、予約した風間です～！　さ、菜月さん、入りましょ」

「は、はい……」

女性の肩を押すようにしてその後ろから現れたのは、それよりも年配の、ショートヘアの女性。こちらは五十代くらいだろうか。

ふたりの言葉遣いと雰囲気で、花嫁さんと、その義理のお母さんだとピンとくる。

「はじめまして。針ヶ谷紡と申します。このたびはご結婚おめでとうございます」

「助手の布川糸です。おめでとうございます」

席についた私たちは、自己紹介をして名刺を出す。

「ありがとうございます。まあ、まだ籍は入れてないんですけどね。結婚式前日か、当日のほうがいいんじゃないかって……。ねえ、菜月さん？」

「はい。そのほうが、しっくりくる気がして……」

ふたりはそれぞれ、篠原菜月、風間京香と名乗った。ふむふむ、まだ籍は入れていないから名字がバラバラなのね、と納得する。

それにしても、ふたりの印象は対照的だった。色白でほっそりしていて、控えめな雰囲気の菜月さんと、快活な風間さん。

風間さんは女優さんのような雰囲気のあるキリッとした美人で、はきはきと話す。一見、厳しそうにも見えるが、話してみると懐の深い、優しい人なのだとわかる。菜月さんも、そんなお義母さんを信頼して、心を許しているように見える。ふたりで店に来るくらいなのだから、いい関係なのだろう。私はてっきり、新郎新婦でやってくると思っていたから。

「義母が一緒に来たから驚いたでしょう」

風間さんが唐突に言うものだから、私が考えていたことが伝わったのかとドキリとする。

「いえ、そんなことは」

　紡さんはあわてた様子もなく、涼やかな表情で否定する。が、風間さんは『あなたたちの考えていることなんてわかってるわよ』というふうにいたずらっぽく微笑んだ。

「ふふ、いいのよ。私が一緒に来たくて、息子に無理に代わってもらったのよ。自分が、ここでウエディングドレスを作るのが夢だったから」

「そうだったんですか。光栄です」

「当時はお金がなくてね、その夢は叶わなかったから、お嫁さんに叶えてもらいたくて。私のわがままだから、代金は私が出すって言ったんだけど、菜月さんに断られて。ねえ？」

　断られたと言っているが、風間さんに不快そうな様子はまったくなく、むしろ楽しそうだ。

「それは申し訳なくて……」

　話を静かに聞いていた菜月さんは、ぽつりとつぶやいてからうつむく。

「でも、予算から足が出た分は払わせてもらいますからね。だから遠慮せずに、いい生地でもなんでも選んでちょうだい」

「ありがとうございます」

　スポンサーがいるということは、若い夫婦にとってはありがたいことだ。デザインを妥協せずにすむので、店側としてもうれしい。

「では、デザインの相談に参りましょうか。なにかご希望はありますか？」

紡さんが鉛筆を持ちながらたずねると、菜月さんは静かに微笑んで首を傾けた。

「私は特に……。義母（はは）のほうが」

「あら、私が先でいいの？」

自分を指さした風間さんは、待ってましたとばかりに意気揚々と希望を述べてくる。

「式と披露宴で同じものを着るのだから、変化をつけたくてね。髪形を変えるくらいだと代わり映えしないでしょう」

「でしたら、ボレロをセットにして、披露宴ではそちらを羽織るというのはどうでしょう。こんな感じで……」

紡さんがすらすらと、スケッチブックにドレスとボレロのデザイン画を描いていく。

「あら、いいわね！　でももう少し変化が欲しいわあ」

「それでしたら……。トレーンは思い切り長くして、披露宴では取り外せるようにしたら後ろ姿にも変化が出ますね」

「うんうん。やっぱり式では、バージンロードに長く伸びるトレーンが理想よね。でも、取り外すことになるなら、披露宴でももうちょっと華やかさが欲しいわねぇ」

「布川さんはどう思いますか」

急に、紡さんがくるっとこちらを向いてたずねてきた。来た。いつもの審判タイム。

「ええと、そうですね……」

私は、カタログで見たドレスたちを頭の中で次々と切り替えていく。

「つけ外しのできるワンポイントを入れるのはどうでしょうか。たとえば、こんなピンク色のバラなど……。色を入れると、華やかさも変化も感じやすいと思います」

紡さんのスケッチの上に、ピンクの色鉛筆でバラの花を描き足す。

「コサージュ状のものをドレスにちりばめる方法ですね。ひとつは胸元につけても素敵だと思います」

デザインの補足を紡さんがしてくれる。風間さんは、「あら、かわいい！」と少女っぽく両手を顔の横で合わせた。

「これは、若い女の子のセンスだわねえ〜。プロはさすがだわ！」

「ありがとうございます」

ふう、と安心したあと、菜月さんがまだなにも意見を述べていないことに気づく。

「菜月様は、どう思われますか？」

「すごく、いいと思います。義母も気に入っていますし」

なんだか、判断基準が風間さんであるような言い方だ。

「そうですか……」

さらに話が進み、デザインが大まかに決まったあと、風間さんが席を立った。

「お手洗いを借りていいかしら。紅茶を飲み過ぎちゃったみたい」

「どうぞ。ご案内しますね」

紡さんもすっと立ち上がり、執事のように風間さんを誘導していった。

ふたりの姿が見えなくなってから、私は菜月さんに話を振った。紡さんが戻ってくるまで、雑談で場をつながなくては。

「ふたりで来るなんて、お義母様と仲がいいんですね」

「自分の母は、早くに亡くなっているので……。結婚してお義母さんができることがとてもうれしいんです」

「そうだったんですか」

それを聞いて、なんだか納得した。嫁と姑というと仲の悪いイメージがあるが、風間さんにも菜月さんにも、裏がある感じがまったくしなかったのだ。

しかし、気になることがひとつだけ。

「さっき、菜月様はほとんど意見を出しませんでしたね。もしかして、お義母様に遠慮していたとか……？」

菜月さんは控えめで自分を主張する性格ではなさそうなので、無意識に風間さんに気を遣っているのではと思ったのだ。風間さんがあれだけ楽しそうにしているから余計に。

「いえ、そういうわけじゃないんです。私本当に、オーダーメイドにはあまりこだわりがなくて……。義母が喜んでくれればそれでいいと思っていて。ここに来たのも、義母の希望ですし」

「お義母様の夢を叶えてあげるなんて、素敵です」

「ありがとうございます」

そうしているうちに、紡さんが戻ってきたので口を閉じる。しかし、私の心の中ではモヤモヤが渦巻いていた。

こだわりがなくても、好みくらいはあるんじゃないか。菜月さんのロングヘアはツヤがあってハーフアップに結ってあるし、淡いラベンダー色のカーディガンとベージュのプリーツスカートがとても似合っている。ファッションや身なりに無頓着なタイプだとは思えないんだけど……。

「ふう、お待たせ」

うーん、と考えていたら、ツイードのノーカラージャケットとタイトスカートがこれまたお似合いな、オシャレ上級者という感じの風間さんが戻ってきた。

ワンレンのショートカットに大ぶりのイヤリングを合わせていてセンスもバッグンだし、こんなオシャレなお姑さんがいたら任せていいや、という気持ちにもなるのかも……？

「なんだかお手洗いに行ったらまた喉がかわいちゃったわ。お紅茶、もう一杯いただける？　あ、菜月さんの分も」

「かしこまりました。布川さん、頼みます」

「はい」

私はお盆にカップを二客置いて立ち上がる。菜月さんのカップには、冷めた紅茶がまだ少しだけ残っていた。

「それにしても、このウェッジウッドのカップ、素敵ね」

「光栄です。お祝いの桜茶の代わりに、桜柄のカップにしてみました」

「うちにもワンセット欲しいわあ。どこでお買いになったの？」

「百貨店の……」

盛り上がっているふたりの会話を背中で聞きつつ、工房奥のキッチンに向かう。そういえば、お好みを聞いたときにダージリンと答えたのは風間さんのほうだったな……。

菜月さんは『同じもので』と言っただけだった。

またモヤモヤが再発しそうだったので、『あんな仲がよさそうな義理の親子を詮索するなんて失礼』と違和感を打ち消す。靴下をかたっぽ間違えたように、なんだかしっくりこないのは、きっと気のせい。

その数日後の定休日、私は最寄り駅の商店街に買い物に出た。いつもは深夜のスーパー、なんならコンビニですませてしまうところを、今日はちょっと豪華なおうちごはんとしゃれこもうと思ったのだ。

炭火焼きの焼き鳥を買い、ホクホク顔で歩いていたところ、クリーニング店の前に通りかかった。

「……ん？　あれって……」

ガラス扉の外側からなにげなく店内を見ると、知り合いの顔を見つけたので立ち止まる。ちょうど、菜月さんが店主とカウンター越しに話しているところだった。

「菜月さんも家、このへんだったんだ」

このへんには閑静な住宅街もあるから不思議ではないが、お客様とご近所さんというのは新鮮な驚きだった。

「でも、どうしたんだろう……？」

菜月さんは頭を下げなにかを頼み込んでいるが、クリーニング店の店主は難しい顔で首を横に振っている。何回かそのやりとりが続いたあと、あきらめた顔でため息をつきながら菜月さんが出てきた。

「……あっ、仕立屋さんの……」

「こんにちは。偶然ですね」

菜月さんがずいぶん驚いた顔をしているので、私はアパートがこのへんにあることと、今日は定休日で商店街に買い物に来たことを話す。

「焼き鳥、おいしそうですね。あそこの店の、私も好きなんです」

菜月さんが、私の持っている袋に目を留め、くすりと笑う。仕立屋にいるときよりも気安い微笑みに、なんだかうれしくなった。

「菜月様はどうなさったんですか？　クリーニング屋さんで、なにかトラブルが……？」

しかし私がそうたずねた瞬間、菜月さんの表情がぎくりとこわばった。

「あ、いえ……。トラブルというわけじゃないんですけど」

髪を耳にかけながら、そわそわした様子で視線を離す。

「特殊な服のクリーニングを頼んだんです。でも、やったことがないから難しいと断られて……」

菜月さんは、だいぶ大きなサイズの紙袋を持っていた。カバーがかけられていて中は見えないが、この中にその特殊な服が入っているのだろう。

クリーニング店ではあまり扱わない、特殊な服とはなんだろう？　ドレスやスーツの類だったら、『filature』で力になれるかもしれない。

「簡単なシミ抜きだったらうちの店でもできるかもしれません。どんな服なんですか？」

紡さんがシミ抜きをサービスで請け負っているのを、何度か見たことがある。

「いえ、でも……。ご迷惑になるので大丈夫です」

「そうですか……」

菜月さんから、これ以上詮索してほしくないという空気が感じられたので、その後は世間話をして別れた。のだが……。

「うーん」

初対面時に感じたモヤモヤと、昨日の特殊な服の謎が加わり、菜月さんのことが気になってくる。

「どうしたんだ。なんだか今日は様子がおかしいぞ」

仕事中にもうっかり態度に出ていたらしく、紡さんからも注意を受けた。

「あ……すみません」

「体調でも悪いのか？　そういうときは早めに言え」

注意……ではあるけれど紡さんの声色はいつもより優しく、眼差しにも気遣いがにじんでいるように見えた。

「すみません、体調不良ではないんです。ちょっと気になることがあって……」

「気になること？　言ってみろ」

紡さんは腕を組んで私に向き合い、話を聞くポーズをとった。

昨日の会話の内容を、紡さんに話してもいいだろうか。菜月さんはあまり知られたくない様子だったけれど、紡さんなら私と違う角度からものを見てくれるかもしれない。

「実は、菜月様のことなんですが、昨日……」

商店街での出来事を説明しようとした瞬間、お店の扉が開いた。

「いらっしゃいませ！」

この時間、予約のお客様はいないはずだけど……と急いで入口に向かい出迎える。

「あの……こんにちは」

「菜月様⁉」

開いた扉からおずおずと店内に入ってきたのは、今まさに噂をしていた菜月さんだった。

「あれ、次の予約は来週ですよね。どうかしました？」

そこで私は、菜月さんが昨日と同じ大きな紙袋を持っていることに気づく。

菜月さんも紙袋に目線を落とすと、私に向かってぎこちなく微笑んだ。

「やっぱり……仕立屋さんでシミ抜きをお願いしたくて……。この、ウエディングドレスの」

「えっ！」

失礼だとは思いつつも、その言葉に大きな声を出してしまう。

「どうかなされましたか」

後ろで聞いていた紡さんが、さっと私たちの間に入った。

「あ、針ヶ谷さん……」

一瞬、菜月さんの瞳が迷うように揺れたが、紙袋の取っ手をぎゅっと握り直すと、しっかり顔を上げた。

「ちゃんと、事情をお話ししますね」

テーブルに移動し、紅茶を運んできてから、私は質問するために口を開いた。

「その紙袋の中身……ウエディングドレスなんですか？」

「はい。……見ていただけますか？」

菜月さんが紙袋ごとこちらによこしたので、紅茶をこぼさないよう、紡さんが立ち上がって中の衣服を広げる。

「わあ……」

折りたたまれていたのは、生成りに近い色の、少し年季の入ったように見えるウエディングドレスだった。シンプルなAラインだけど、上半身部分に刺繍が入っていて繊細な雰囲気だ。なんとなく、菜月さんに似合いそうな気がする。

それを高く伸ばしたトルソーに着せると、菜月さんがぽつりとつぶやいた。

「実は……亡くなった母の形見なんです」

形見と聞いてピンとくる。菜月さんがオーダーメイドにこだわりがなかったのは、本当はこのドレスを着たいという気持ちがあったからなんじゃないかと。

ちらりと横を向くと、紡さんと目が合う。彼も同じように考えたみたいだ。

「不躾な質問になってしまいますが……、菜月様は本当は、このウエディングドレスが着たかったのではありませんか？」

長い沈黙のあと、菜月さんは紡さんの質問に静かにうなずいた。

「はい……、おっしゃるとおりです。このドレスを着て結婚式を挙げるのが幼いころからの夢だったのですが、義母がオーダーメイドを楽しみにしているので言い出せなくて……。せめて、式の前に綺麗にしてあげたくてクリーニング店をまわっていたのですが、扱いが怖いと言われてどこに行っても引き受けてもらえなくて……」

私には、菜月さんが形見のドレスを着たいという気持ちも、それを義母に言えない気持ちも両方理解できて、なにも言葉を発することができなかった。

ウエディングドレスは丁寧に保管されていたようで、大きなシミや汚れはなさそうだが、たしかに少し色がくすんでいるように感じる。

「そういうことでしたら、クリーニングは知り合いの店で頼めそうです。……今、電話をして聞いてみますね」

紡さんは席を外し、数分後に戻ってきた。

「ウエディングドレスでも問題ないそうです」

「本当ですか……！　ありがとうございます」

頭を下げ、これで用事はすんだとばかりにホッとした表情を見せる菜月さんに、紡さんが語りかける。

「菜月様。自分の希望を黙ったままでいるのはよくありません。もう一度ドレスのオーダーを考え直してみませんか？」

「えっ……でも……」

「まずは、先日のデザイン案を見ていただけますか？」

「……はい」

紡さんの口調はいつもどおり丁寧だが、うむを言わせない迫力があった。

前回のラフをもとに清書したデザイン画をテーブルに広げ、紡さんがひとつひとつ指さして説明する。

「風間さんがご希望だった、取り外せるトレーンも、バラのコサージュも、ボレロも、このドレスでもできる案なんです。リメイクという形で」

リメイク。その手があったのかと驚愕する。

「そうすることで、菜月様の望みも、風間様の望みも叶えることができます。いかがでしょう、一度風間様と話し合ってみては」

紡さんの提案はこの場の最適解のように思えた。菜月さんも喜ぶだろうと予想したのに、浮かない顔だ。

「でも、私……」

ほっそりした指をテーブルの上で何度も組み替えて、菜月さんは遠慮がちに声を絞り出す。

「このドレスを着たいと義母に打ち明けるのは、亡くなった母を今でも引きずっているようで、義母を裏切っている気がしてしまうんです。義母はあんなに……私に対して本当の娘のように接してくれるのに……」

肩を縮こまらせたその姿は、それを口に出すだけでも風間さんに悪いと感じているかのようだった。

「そうですか……。でも、風間様のほうはそう思っていないようですよ」

「え？」

菜月さんがぱちぱちと瞬きした、そのとき――。

店の扉が勢いよく開いて、はぁはぁと息を乱した風間さんが大股で乱入してきた。

「菜月さん！」

「えっ……、お義母さん？」

菜月さんもびっくりしているけれど、こちらもびっくりだ。紡さんだけは落ち着いていて、「どうぞ」と椅子を引いて風間さんをエスコートしている。

コートを預けてから腰を下ろした風間さんは、ふう、と息をついてからハンカチで額の汗をぬぐった。

「針ヶ谷さんから電話をもらってね。ちょうど表参道に来ていたから駆けつけたのよ」

「電話……？　あっ、さっきの……」

私が手のひらで口を押さえると、紡さんが私にだけ聞こえる音量でこっそり耳打ちしてきた。

「クリーニング店に電話するついでに、な」

混乱している菜月さんの前で、仕掛けた本人は悪びれもせずにしれっとしている。

やっぱり紡さんは、油断ならない。

「話は全部、針ヶ谷さんから聞きましたよ」

風間さんがそう切り出すと、菜月さんの肩がびくっと揺れる。

それを見た風間さんは、幼子に対するような優しげな手つきで、菜月さんの頭をなでた。

「お、お義母さん……？」

目を丸くしながらも、菜月さんはされるがままになっている。

「まったくこの子ったら、私に気を遣ってなにも言わないなんて……。本当の娘になるんだから、遠慮しないでなんでも相談してくれなきゃ。隠されているほうが、私はずっとつらいわ」

　菜月さんがハッとしたように風間さんに視線を向ける。風間さんはなでる手を止めて、菜月さんの手をぎゅっと握った。

「それに、忘れちゃダメよ。あなたがここにいるのは、菜月さんのお母様があなたを産み育ててくれたおかげ。私たちが家族という縁でつながれたのも、お母様の存在あってのことなの。そのお母様の形見を着たいだなんて、だれが反対なんかするもんですか。それに……」

　風間さんが首をぐるっと回して、トルソーにかかったウエディングドレスを見つめる。

「あのドレス、とっても素敵。繊細で、上品で……あなたにぴったり。私もあのドレスを着た菜月さんを見てみたいわ」

「お義母さん……」

　菜月さんの目から、涙がぶわっと浮き上がる。そうして、しゃくりあげながら風間さんに抱きついた。風間さんは菜月さんの背中に腕を回し、「よしよし」とさすっている。

　なんだかそれが、すごく尊い光景に思えて、私まで目に涙が浮かんできた。今までも〝家族〟だったふたりだけれど、今やっと本当の〝親子〟になれたような、心の引っかかりが取れて通じ合えたような、そんな気がした。

「すみません、泣いたりして」

目と鼻を赤くした菜月さんが、ハンカチで口元を押さえながら恥ずかしそうに頭を下げた。

「いいえ、とんでもないです」

控えめな菜月さんだけど、風間さんの前だったら思いっきり泣けるんだとわかって安心した。

「菜月さん、泣いたなら水分とらなきゃダメよ。ほら、紅茶」

「は、はい」

風間さんが、手をつけていない自分の分の紅茶を菜月さんに勧めている。

「今日は予約の日ではないですが、風間様もいらっしゃったので少しデザインの話をしましょうか。こちらのドレスのリメイクなのですが……」

紡さんが、トルソーに着せたウエディングドレスに実際に白い布を合わせて説明する。

「長いトレーンをつけるので、それに合うようにスカート部分のボリュームと長さを足す必要がありそうですが、それ以外はもとのドレスを活かすかたちでリメイクできそうです。このドレスが持つ繊細な雰囲気も、そのままにできそうですよ」

「そうですか……」

菜月さんの頬に赤みが差している。うれしさを隠せないような、細められた目。菜月さんのこの顔が見られてよかった。この場にいるだれもが、きっとそう思っただろう。

「じゃあ、菜月さん。オーダーメイドではなく、形見のドレスをリメイクするかたちに注文を変更していいかしら？」

「はい……！」

しっかりうなずく菜月さんと、そんな彼女を包み込むように微笑む風間さん。

「針ヶ谷さん、手間をかけさせてごめんなさいね。お願いできるかしら。あ、代金はきちんと二着分払いますからね」

「お気遣いには及びません。まだ、注文した布地が届いたところで、ハサミも入れていませんから」

たしかに、数日前に届いた布地にはまだハサミは入っていない。型紙はできていて、いつもだったらもう裁断に入っているので、不思議に思っていたんだ。

「あのう……。もしかして紡さん、こうなることを予想してハサミを入れなかったんですか……？」

私はこそっと、紡さんに耳打ちする。

「まさか。たまたまだ」

紡さんは前を向いたまま否定するけれど、私はどうも信じられない。まだまだこの人には、私に見せていない底の深さがあるのでは……?

いぶかしげな目で見つめていたら、

「見すぎだ」

と菜月さんたちから見えない角度でデコピンされた。

形見のウエディングドレスを預かり、風間さんと菜月さんを扉まで見送ったあと、紡さんがくるりと私のほうに身体を向けた。

「この前、言っただろう。隠されるのは嫌だと」

唐突になんのことだ、と思ったが、ふたごのパーティーの帰り、私がタクシーの中で言ったセリフがよみがえる。

「あっ……。言いました」

ふたごの秘密を黙っていたことを責め、仕立屋『filature』はもう紡さんひとりのお店じゃない、私も共犯だと言ったんだ。そしてそれに対する紡さんの返事は――。

「今度からは君のことも頼ると約束したんだ。気づいたことがあれば、黙っていたりしない」

うっかり、そのセリフにドキッとしてしまう。

「そ、そうですか……」

「菜月様が一歩を踏み出せたのは、糸がクリーニング店で声をかけたことも大きいだろう。お手柄だったな」

「あ、ありがとうございます」

普段厳しくされているから、褒められるのに慣れない。私は熱を持った顔を隠すように、わざと忙しそうにしながら紅茶のカップを片付け始めた。

後日、リメイクウエディングドレス試着の日。この日は菜月さんと風間さんのほかに、菜月さんの結婚相手も一緒に来た。どうしても同席したくて、わざわざ有給休暇をとったそうだ。

風間さんの血を継いでいることが見るだけでわかるイケメンで、でも落ち着いていて控えめな感じが菜月さんとも似ていた。三人が揃うと、ピースがピタッとはまる感じがする。すごく理想的な家族。

試着室からリメイクドレスをまとった菜月さんがはにかみながら出てくると、「まあ……！」「おおっ」とふたりから歓声が起こる。

クリーニングが施されたウエディングドレスは、くすんでいた色が純白の輝きを取り戻していた。菜月さんのサイズに合わせてところどころ調整したので、ほっそりしたウエストのラインにぴったり合っている。上品で繊細な印象のドレスの魅力が、菜月さんが着ることでより引き立つ。付け足した長いトレーンも、透け感のある布で作られたピンクのバラも、レースでできたボレロも、紡さんの腕のおかげで違和感なくもとのドレスになじんでいる。

「すごく綺麗よ、菜月さん……」

風間さんが、洟をすすっている。新郎さんも、目を赤くして涙をこらえているようだ。

「あなたのお母様も、喜んでいらっしゃるわね」

菜月さんがにっこり微笑む。幸せをすべて受け入れた花嫁の微笑みは、女神のように神々しかった。

「はい。でも、私が母の形見のドレスを着ていることよりも、私にこんな素敵な家族ができたことを喜んでいると思います」

「菜月さん……」

とうとう、風間さんの目から大粒の涙があふれた。

「あ、あら、いけない……」

わたわたとバッグを開け、ハンカチを探す風間さんと、その様子を微笑ましく見つめるカップル。
ああ、私もだれかと結婚するときは、こんな素敵な関係を相手の家族と築きたいな。
ぼんやりと、頭の中でそんな未来を描いた。
その図に一瞬だけ紡さんの顔が浮かんだのは、きっと今一番近くにいる異性だから。
きっと、それだけ。
当の紡さんは、満足そうに菜月さんのドレス姿を見つめていた。

五着目　ペンギンのための服

その日――。『filature』には、おそらくこの店の数十年の歴史の中でも一番だと思われる、奇妙なお客様がやってきた。

お腹は白くて背中は黒。くちばしはとがっていて、羽に似たフリッパーと水かきを持つ……そう、ペンギンである。

「ケープペンギン……ですか」

「はい。この胸元にある線が、ケープペンギンは一本、マゼランペンギンは二本なんですよ。同じ種類のフンボルトペンギンも一本なんですけど、ほら、顔にあるピンク色の面積が違うので見分けられるんです」

嬉々としてペンギンうんちくを語っている女性がこのペンギンの飼い主で、来店予約をとったお客様だ。予約のときには『ペットの衣装をお願いしたいので、当日連れていきます』と語っていたのだが、まさかペンギンだったとは。犬か猫かと思って待機していた私も紡さんもびっくりだ。あの、お客様の前では笑みを欠かさない紡さんの顔が一瞬固まっていたのを、私はたしかに見た。

天海景子さん、三十二歳。ペットグッズの会社にお勤めで、ワンレンのセミロングに黒縁眼鏡をかけている。服もモノトーンで統一しているのは、ペンギンのカラーリングに合わせているのだろうか……。ともかく、ペンギンを飼っているということ以外は、ごく普通の女性だ。

「ペンギンが売っているペットショップなんてあるんですね。びっくりです」

「いえ、この子は知人から譲り受けたんです。カフェの店長で、お店の看板マスコットとして大事に飼っていたのですが、病気で入院することになって……。その店の常連で、この子――銀太郎さんが一番なついていた私に相談が来たんです」

「そうなんですか……。かわいいですねえ……」

ケープペンギンの銀太郎さんは、天海さんの隣の椅子に立っておとなしくしている。サイズ的には小型犬くらいだろうか。仕立屋の椅子にペンギンがいることが現実離れしていて、だんだん銀太郎さんがぬいぐるみに見えてくる。

「あのっ、ペンギンって――」

「ごほん」

紡さんの咳払いが聞こえ、ハッと横を向く。このままペンギン談義がさらに続きそうなところを止められたかたちだ。

「あ、すみません、天海様。ペットのペンギンなんて初めて見たので興奮してしまって……」

「いえ、いいですよ。興味を持ってもらえて私もうれしいです」

天海さんはにこにこと笑って両手を顔の前で振る。ペンギンが大好きで、銀太郎さんの話ができること自体が楽しいようだ。

紅茶のカップを手に取った天海さんがひとくち飲み終わったあと、紡さんがスケッチブックを広げて話を切り出す。

「それで今日はこちらの…、銀太郎……様、のお衣装のお仕立てということで」

紡さんは一瞬、銀太郎さんに対する敬称をどうするか迷ったようだ。結局、人間のお客様と同じで様付けである。人間でもペットでも大事なお客様、差別はしないという意思が感じられる。

「はい。うちの会社でも犬や猫用の服は作っていますが、さすがにペンギンはなくて……」

それから、天海さんはペンギンの服を仕立てることになった経緯について話してくれた。

天海さんの勤めるペットグッズの会社では、今度創業何十周年かのパーティーがあるそうだ。天海さんがペンギンを飼っていることは会社中の人が知っているので、そこで社長から話がきた。『パーティーを盛り上げるためにペンギンに衣装を着せて連れてきてくれないか』……と。

「自分が代金を出すから仕立屋に頼むようにと社長に言われたんです。社長の希望のデザイン案もいくつか持ってきました」

そう言って天海さんがテーブルの上に広げたのは、服を着ている犬の写真。着ている動物は違うが、こういったイメージで作ってほしい、ということらしい。

「あ、銀太郎さんにお水を飲ませてもいいですか？」

ペンギンの背中をなでていた天海さんが、そう断りを入れた。様子を見ただけで喉がかわいているとわかるのだろうか。

「はい、もちろん。なにかお皿を持ってきましょうか？」

「大丈夫です、持ち歩いているので」

天海さんが肩から下げていた大きめのトートバッグには、プラスチックのカップと水の入ったペットボトルが入っていた。カップに水を入れてから、

「銀太郎さん。お水、どうぞ」

と差し出している。

銀太郎さんのこと、人間みたいに扱っているんだな……。ペンギンの世話をする天海さんがすごく幸せそうな表情なので、見ているこちらもほっこりする。『銀太郎くん』や『銀太郎ちゃん』じゃなくて『銀太郎さん』と呼んでいるところも、ペットではなく対等な家族として扱っている感じがする。

「社長の希望としては、華やかでかわいらしい衣装……といったところでしょうか」

紡さんが、動物たちの写真を見ながらつぶやいた。

天海さんが持参した写真は、犬がフリフリのピンクの服を着ているものや、サーカス団のピエロのような衣装を着ているものだ。あとは、色鮮やかな帽子やティアラなどのかぶりもの。とにかく派手にして目立たせたい！　ということがわかる。

「そうですね。この子は男の子なんですけどね……」

天海さんが、苦笑のまじったような、微妙な笑顔を見せたことが気になった。

大事な銀太郎さんの衣装を作るというのに、あまり楽しそうじゃないことも。

銀太郎さんには、服を着せたくないのだろうか。でも、この店に来たということは、天海さんも納得しているということだし……。

「とりあえず今日は、銀太郎様の採寸をして、どんな感じの衣装にするかデザイン案を固めましょうか」

「そうですね」

本来なら試着室で採寸するところだが、銀太郎さんの負担が少ないように、今のままの体勢で採寸をおこなうことになった。

「では、腕を上げてください」「背中を向けてください」などという紡さんの注文には、天海さんが応えて銀太郎さんの身体を動かしている。

私は、紡さんが測ったものをメモしていく係だ。三人でこうしてペンギンの採寸をしていると、奇妙な連帯感が出てきた。たとえるなら、ペンギンの王様にかしずく三人の従者……みたいな。

「……ふふっ」

突然、こらえきれなくなったように天海さんが笑い声をこぼす。

「す、すみません。なんだかおかしくなっちゃって……。仕立屋さんは真面目にお仕事しているのに、ごめんなさい」

「いえ、私もなんだか、絵本の中みたいにかわいい光景だなって考えてました。ペンギンの王様みたいな」

「本当に王様扱いしてもらってますもんね。ふふ、ありがとうございます」

そう言って銀太郎さんを見つめる天海さんは満足そうな笑顔だったので、さっき感じた矛盾は気のせいだったと思うことにした。

季節は春。厳しい寒さも終わりを告げ、服装にもやっと開放感が出てきたころなので、友達からの遊びの誘いも活発になる。

「今度の金曜日の夜、飲み会があるんだけど糸も行かない？　友達が話題のお店の予約をとったんだけど、個室だから人数が必要で……」

大学時代の友人から電話が来たのは、週の始まりのことだった。

「うーん、どうしようかなあ。時間に間に合うかわからないし」

「それだったら、途中で合流してくれればいいよ」

正直、金曜の夜といっても土日が休日ではない職種には関係ない。ただの平日の夜と同じなので、できれば早く帰って寝たいのだが……。

「メンバーはだれが来るの？」

「えっと、私の友達が、会社の先輩を連れてくるって。あと何人かにも声をかけているみたい」

「ううーん……」

ということは、知らない人が多いということである。気を遣いながら飲むのはけっこう疲れるしなあ。

「悪いけど、やっぱり私……」

断ろうとしたときに友達からのカウンターが発動し、私のいやしい胃袋に突き刺さる。

「あ、予約した店、人気の中華料理のお店だって。ＳＮＳで評判で、なかなか予約とれないらしいよ～」

「うっ」

店名を聞くと、私が前々から『いつか行ってみたい』とチェックしていたところだった。

それは、ぜひ食べたい。外食なんて、転職してからまったく行ってないし。

「い……行く……」

「やった！　予約してくれた友達に伝えておくね～」

友達は明るい声で電話を切った。

「や、やってしまった……」

私は携帯電話を手に持ったままうなだれる。自分の食欲に勝てなかった……。次の日の仕事がつらくなるのはわかっているのに。

でも、おいしい中華料理を食べて元気が出れば、飲み会で疲れてもプラマイゼロ……

いや、むしろプラスなのでは？

「きっとそうだ。うん、そうに決まってる」

たまには息抜きや楽しみがないと社会人なんてやってられない。疲れていても出かけて気分転換したほうが、すっきりすることもあるのだ。

「なに食べようかな～。北京ダックあるかな？」

お給料は減ったけど、転職してからずっと節約はしてきたのだ。たまに贅沢したってバチは当たらないだろう。

その週は紡さんに厳しくされても、『高級中華！』『北京ダック！』と心の中で唱えて乗り切ることができた。


そして、待ちに待った金曜日の夜。スキップしそうな足取りで向かった待ち合わせの中華料理店……なのだが、予想外のことが起きていた。

「……私のこと、だましたね？」

じろりと隣の席の友達をにらむと、「ごめ～ん！」と軽いノリで、手のひらを合わせる謝罪ポーズをされた。

「だって、合コンって言ったら、糸は来てくれないじゃない」

そうなのだ。友達と、その友達が来るだけの飲み会だと思っていたら、女性と同じ人数分の男性の姿もあったのだ。

遅れてきたのでその場の全員から目を向けられ、突然の状況に「あ、ど、どうも〜」と焦りながら挨拶し、席についた私の気持ちが、この子にわかるだろうか。

「そりゃそうだけど……！　普通に女子会だと思ったから、仕事着のまま来ちゃったよ！」

トレンチコートの下は、カジュアルなパンツとカットソーだ。どうせお店でお針子の服に着替えるのだから、と楽な格好で出勤していた。女性陣はみんなめかしこんでいるのに、ラフな服装で来ているのは私だけだ。

そして、予想外がもうひとつ。

「友達の先輩って言ってた人、うちの店のお客様なんだけど……！」

ちらりと丸い中華テーブルの反対側に視線を向けると、天海さんが軽く頭を下げてくる。

場に慣れていない感じといい、戸惑った表情といい、天海さんも私と同じように合コンと知らされないで連れてこられたパターンだろう。

「気まずいじゃん。どうすればいいのよ……」

「いやー、それは正直ごめん。私も初対面だったからさ……」

友達の友達が天海さんと同じペットグッズの会社に勤めているなんて、世界は案外狭い。

「まあ、それは仕方ないとしても、合コンの目的じゃないのにこの場にいるのはどっちみち気まずいよ」

「でもさ、合コンっていっても、知らない男がまざってるってだけで、普通の飲み会じゃん。糸はべつに彼氏が欲しいわけじゃないんだから、気にせず楽しく飲めばいいんじゃない？」

「まあ、そうだけど……」

屁理屈でごまかされている気がしないでもないが、もう来てしまったのだから外野は気にせずひたすら中華料理を堪能するしかないだろう。

「人数合わせに使ったんだから、あとで埋め合わせしてよね！」

「するする！　今度なにかおごるから」

有名ホテルのアフタヌーンティーをおごってもらう約束を取り付け、やっと溜飲が下がった私は、すでに運ばれてきていたコースの中華料理を食べ始める。念願の北京ダックもあった。

振られた話題には適当に答え、必要最低限愛想よくしながら食べ続ける。そのうち、『こいつには脈がないな』と思われたのか、男性陣からは話しかけられなくなった。

彼氏が欲しくないわけではない。ただ、転職したばかりだから今は仕事でいっぱいいっぱい、と友達には話していた。

彼氏かあ……。どうせ付き合うならやっぱり、自分の仕事を理解してくれる人がいいよね。あとは私はそそっかしいので、落ち着きのある人がいいな。

と、そこまで妄想したところで、紡さんの顔が頭にボンッと浮かぶ。

いやいや、たしかに仕事に理解があって落ち着きのある人だけど！

ここのところの私はどうかしている。結婚のイメージでも紡さんが出てくるし、上司を意識しすぎじゃないだろうか。

……天海さんも、合コンに連れ出されるってことは今はフリーなのだろうか。

合コン慣れしていないのか、飲み会が苦手なのかはわからないが、終始戸惑いがちに身を固くしている天海さんに目を向けると、

「……ちょっと、すみません」

とお手洗いに立つところだった。

気になったのは、天海さんにしつこく話しかけていた男があとを追うように席を立っ

たことと、その男が顔が真っ赤になるくらい酔っていたことだ。

「私もちょっと、お手洗い」

隣で男性といい感じになっている友達に告げてから席を立つ。

ビルの中にある中華料理店なので、お手洗いは外に出ないといけない。迷いつつトイレの近くまでたどり着くと、「ちょっ……放してください！」という天海さんの声が聞こえてきた。

「天海様！」

あわてて声をかけながら足を早めると、外からは死角になっているトイレの外廊下で男女がもめていた。

酔った男がニヤニヤ笑いながら天海さんの腕をつかみ、それを振りほどこうともがいている。

助けなきゃ、と思うけど足がすくんで近寄れない。

「ちょ、ちょっと！　人を呼びますよ！」

離れたところから大きな声を出すと、酔っ払いはちらっとこちらを見ただけですぐ天海さんに視線を戻す。

ど、どうしよう。私が間に入って、酔った男を振りほどけるだろうか。それとも、急いで中華料理店まで戻って人を呼んでくる……？

「どうかしましたか？」

あわあわと足踏みをしていると、背後から落ち着いた低い声が聞こえ、思わず助けを求める気持ちで振り返る。

──が、そこにいたのが予想外の人物だったので、私の思考は一瞬停止する。

「えっ、紡さん？」

「……糸？」

どうしてここに、と問う前に、紡さんは天海さんたちに気づき目を細める。そこからの行動は早かった。

大股でふたりに近づき、男の腕をひねりあげる。長身の紡さんに比べると男は小柄なので、あっさりと拘束される。

「いでででで！」

「店員を呼びますよ。それとも警察のほうがいいですか？」

紡さんがきっぱり言い放つと男はあわてた様子で「や、やめてくれ。は、離れるから」とつばを飛ばしながら叫んだ。

放り投げるように男の腕を放すと、足をもつれさせながら早足で去っていく。

「天海様、大丈夫ですか!?」

床に座り込んでいる天海さんの側に寄ると、顔が青く身体が震えていた。

「ありがとうございます、布川さん、針ヶ谷さん……」

「友達には荷物を持ってきてもらえるようにメールしておくので、ふたりで抜け出しちゃいましょう」

天海さんの手を取って起こそうとするが、腰が抜けているのかなかなか立ち上がれない。

その様子を見ていた紡さんがさっと手を貸してくれた。

「私もついていきます。女性ふたりだと不安でしょう」

「紡さん、いいんですか?」

「ああ。友人にむりやり飲み会に連れ出されたんだが、そろそろ退場したいと思っていたところだ」

どうやら、紡さんも私と似たような状況だったみたいだ。紡さんでも飲み会に参加するんだ……という驚きはあるけれど、勤務外になにをしているか、私はプライベートの紡さんをほとんど知らない。

いったんお店にお会計に戻った紡さんと、私と天海さんの荷物を頼んだ友達を待ったあと、ビルの外に出て手近なカフェに入る。

店内はほどよくすいていて落ち着けそうだ。奥の席に座り、私が天海さんの分まで注文をカウンターですませてくる。

天海さんは、温かいコーヒーにゆっくり口をつけると、ふうっと息を吐く。少し顔色が戻ってきたみたいだ。

「さっきは、ありがとうございました……」

「いえ、災難でしたね」

「テーブルにいたときから、いろいろ話しかけられていたんですけど……。私のあしらいがうまくなかったから、だんだんヒートアップしてしまったみたいで」

まるで、『私が悪いんです』みたいな言い方だったから、私は思わず「そんなの関係ないです！」と力いっぱい否定してしまった。

「明らかにやりすぎですよ！　怖かったでしょう？」

天海さんも、紡さんさえ私の勢いに目を丸くしている。

「は、はい……。怖かったです」

「でしょう!?　自分のせいだなんて思わなくていいんです、天海様は被害者なんですから」

さっきの男が、酔って自分を失っていたことは明らかだ。あしらいがうまくなかったと言うけれど、天海さんは男の話にきちんと返事していただけではないか。その人のよさにつけこんで、強く出られないのをいいことに力ずくで迫るなんて男の風上にもおけない。

鼻息を荒くして憤慨していると、固まった表情のまま、天海さんがぽろぽろと涙をこぼし始めた。

「えっ！　あ、天海様……？」

おろおろする私の対面で、すっと紡さんがハンカチを差し出す。……なんなんだ、さっきから紡さんのこのイケメン対応は。天海さんを颯爽と助けたときも、うっかり『王子様みたい』なんて錯角してしまったのに、こんなところまでスマートだと、関係ない私までときめいてしまうではないか。

天海さんは紡さんのハンカチを「ありがとうございます……」と受け取り、眼鏡を外して涙を拭く。

私たちは、洟をすすっている天海さんを静かに眺めていることしかできない。コーヒーを飲もうとしたり、音を出すのもはばかられた。そのくらい、痛々しい光景だった。

「すみません、急に泣いたりして。『こんなことくらいうまくあしらえないのか』って職場の飲み会で上司に責められたこともあるので、つい……」

　涙がおさまった天海さんは、恥ずかしそうに微笑みながら自虐する。

「変ですよね。こんな歳になるのに、男の人に迫られたくらいで動揺しているなんて」

「そんなこと……」

　ただ、天海さんは美人なのに、合コン慣れしていないんだと意外に思ったのも事実だ。大学のとき、美人の友達はいろいろな合コンに誘われていた。やはりひとりでも美人がいると男性陣の反応が違うらしいのだ。その友達は合コンに興味がなかったからいつもきっぱり断っていたので、天海さんも同じように合コンに行かなかったのだろう。

　私の考えていることを見透かしたように、天海さんは寂しそうな表情になった。

「布川さんの考えていること、なんとなくわかります。でも、違うんですよ」

「違う……？」

　天海さんが、覚悟を決めたような表情で口を開く。

「私、性的な感情を向けられるのが苦手なんです」

「えっ……？」

　さっきの男のようにいやらしい目で見られるのは私も苦手だが、天海さんの言っているのはそういうことじゃない気がする。

天海さんは私の疑問を察したように、説明を足してくれた。

「恋愛感情だけなら平気なんです。でも、それ以上が無理で……。その相手が恋人だとしても」

「そうなんですか」

恋人でもダメ、というのはびっくりしたが、性的な行為が好きではない、と漏らしていた友達や下ネタNGな友達もいたので、理解はできる。

「だからさっきのように、あからさまな性的欲求を向けられると、嫌悪感で具合が悪くなってしまって……」

思い出したように顔をしかめる天海さん。第三者の私から見ても恐怖感と嫌悪感が大きかったので、それを直接向けられた天海さんの気持ち悪さはどれほどだろうと想像する。

「そのせいでまともに恋愛ができなくて……。今までも苦労しました」

天海さんはこんなに素敵な女性なのに、恋愛で苦労してきたんだ。これは、深く話してみないとわからないことだ。お客様は、お店で見せる一面のほかにも、さまざまな事情やドラマを抱えているんだと改めて感じる。

「でも天海様の場合、恋愛が大丈夫で性的欲求だけがダメなので、プラトニックな恋愛ならできる、ってことですよね……？」

　ふとした疑問がわき上がったので、思い切ってたずねてみる。

「そうです。でも、相手がプラトニックな恋愛で満足してくれることは、まれですよね」

「うーん、たしかに……」

　行為が好きではない友達は、身体ばかり求めてくる彼氏に嫌気がさして結局別れていた。そういった部分が相手とかみ合わないのは、どちらもつらいだろう。どちらが悪いという問題ではない。

「なので、恋人はできるけど長く続いたことがなく、最近はパートナーを作ること自体あきらめていました。そんなときに出会ったのが、銀太郎さんなんです」

「えっ、銀太郎さんですか？」

　ここで銀太郎さんの名前が出てくるとは思っていなかった。この話と、どう関係しているのだろう。

「はい。おふたりとも気づいていらっしゃると思いますが、私、銀太郎さんのことはペットだと思っていなくて」

「はい、とても大切にしているのが伝わってきました。家族に対する愛情のような……」

と口に出したところで、ふと違和感を覚えた。いや、そうじゃない。あれはもっと親密な……。

「パートナーの、ような……？」

ふっと頭に浮かんだ単語を疑問形でつぶやくと、天海さんと視線が深く交わった。これって、もしかして。

「当たりです。私は銀太郎さんのことを、パートナー……恋人だと思っています」

店内はざわついているけれど、私たちのテーブルだけしんと静かな気がした。私と、紡さんの息をのむ音だけがやけに大きく響く。

「ごめんなさい、びっくりしますよね。急にこんなこと話されて……」

天海さんとペンギンの銀太郎さんは、恋人同士。そういえば、銀太郎さん用のカップにお水をついで飲ませてあげる姿は、彼氏に尽くすタイプの彼女にも見えるな……と思い出す。

もしかして、先日感じたモヤモヤは、天海さんの銀太郎さんに対する想いが鍵になっているのでは？

ちらりと紡さんを見ると、目配せを送られる。紡さんも、天海さんのこの話が仕立ての注文に関係すると感じているのだろう。

「その話、もっと詳しく聞かせてもらっていいですか？　その、お嫌でなければ」

天海さんは、私と紡さんの顔を順番に見てから、ゆっくりうなずいた。

さっきの中華料理店でデザートを食べられなかったので、カウンターでチョコチップスコーンをふたつ買って、ひとつを天海さんに差し出す。

「よかったらどうぞ」

これから語るのは天海さんにとってけして軽くはない話題だと思うから、甘いものがあったほうが気がゆるむと思ったのだ。

「ありがとうございます」

天海さんは頭を下げ、スコーンをひとくちかじる。「おいしい……」とつぶやき、ふっと表情をゆるめてから、話し始めた。

「私が銀太郎さんに出会ったのは、知り合いのカフェでした。そのときはまだ、ペット的な〝かわいい〟という感情しかなくて……。私の気持ちが変化したのは、銀太郎さんを引き取って、一緒に暮らし始めてからです。恋人と、性的な接触はせずにただ穏やかにそばにいたい、そんな私の願いを叶えてくれる人は今までいませんでした。でも、銀太郎さんはどんな私でも受け入れてくれたんです。ただ同じ時間を過ごして、会話をして、寄り添って一緒に眠る……。そんなささやかな願いを、銀太郎さんはすべて叶えてくれました」

静かに目を閉じ、胸に手を当てる天海さんは、銀太郎さんのくれた温かさを思い出しているようだった。

「今まで、友達がみんな結婚していく中取り残されていく寂しさや、ずっとひとりで生きていくことの不安がありました。でも、銀太郎さんが家に来てからは寂しくなくなったし、いつも温かく幸せな気持ちでいられるようになりました。銀太郎さんが私に甘えてくれることで、必要とされているという自己肯定感も持てるようになりました」

天海さんの話していることは、私にもわかる。友達から彼氏の話や、仕事でキャリアアップしている話を聞くと、『自分の人生これでいいのかな』と焦ることもあったから。人と比べてしまうことや生きることへの不安は、だれでも持っているものだ。

「だから――、銀太郎さんに、あんな見世物のような衣装を着させるのが嫌でした。銀太郎さんが他人にいいように使われるのも、本当は嫌で、断りたかった……。でも、社内はすでに盛り上がっていて、とても断れる雰囲気ではありませんでした」

「だから……、銀太郎さんの衣装のデザイン画を考えるときも、気乗りしない様子だったんですね」

やっとわかった。天海さんが銀太郎さんの衣装に乗り気でなかった理由。

自分に置き換えてみたらわかる。大切な恋人に、コメディアンやピエロのような衣装を着せてお披露目しなきゃならなくなったら――嫌だし、断れない自分を責めてしまいそう。

天海さんも、唇をぎゅっとかみしめてつらそうにしている。こんなつらい思いをしてまで、ほかの人に指示された衣装を銀太郎さんに着せるべきなのだろうか？　ペンギンで、なにも抵抗できないのをいいことに……。ううん、そんなこと、許されるべきじゃないよね。

私はぱっと笑顔を作り、天海さんに向き合う。そして、明るい声で提案した。

「なら、デザインを変えちゃいましょう！　天海様が、〝恋人〟の銀太郎さんに着せたい衣装にするんです」

「恋人に……？」

「はい。自分の恋人にはこういう服を着てほしいっていうの、だれでもなにかはありますよね。えっと、たとえば私は、カジュアルな服よりもスーツみたいなかっちりした服に萌えます！」

「……それはだれも聞いていない」

紡さんが、呆れた声でつぶやく。天海さんは、驚いたように目をぱちぱちさせていた。

「たしかに、服の好みはあります、けど……」

ふっと顔に暗い影を落としたあと、天海さんはふるふると首を横に振った。

「でも、社長は許してくれるでしょうか……。いえ、話してみなければ始まりませんよね……」


天海さんとカフェで別れたあと、私は紡さんとふたりで駅に向かっていた。並んで歩くときの微妙な距離と、沈黙がなんだか気まずい。

「今日は、びっくりしました。まさかあんなところで紡さんに会うなんて」

なにか話さねばと思って話題を絞り出したのに、まるっとそのまま返される。

「それはこっちのセリフだ。なんだか騒がしいと思って声をかけたら、知っている顔がふたりもいたんだぞ」

「た、たしかに……」

お客様がトラブルに巻き込まれていて、それを見ているのが部下だったなんて、きっと頭が混乱しただろう。

今日の天海さんを見ていると、人にすごく気を遣う性格のようだし、自分の気持ちを社長にちゃんと話せるかどうか不安になってくる。

「天海様、大丈夫でしょうか？」

「心配ないだろう。あれだけパートナーのことを大事に思っているんだ。社長に意見するくらいのこと、彼女だったらやってのける」

「……そうですよね！」

私は紡さんが、銀太郎さんをさらっと〝パートナー〟と呼んだことに感動していた。天海さんの話を聞いただけではふわふわとしていた感覚が、急に現実感を伴ってくる。

そうだ。天海さんは、銀太郎さんとふたりで人生を生きていく覚悟をしているんだ。それは人間をパートナーとするよりも、ずっと強い意志が必要だったはず。今日見た、男性におびえている天海さんは、本当の姿ではない。彼女の心は、それくらいでは揺るがないくらい強くて、しなやかで、自由なんだ。

「天海さんも、銀太郎さんも……。もっともっと、思うように生きていいんですね。世間の目とか、常識に惑わされないで、もっと自由に」

「ああ。彼女には、その力がある」

そして私たちは、その力を信じている。お客様としてだけじゃなく、今日一日で心を通わせた友人として。

次の日、天海さんから「社長に『もっと違うデザインの服を着せたいんです』と相談したら、好きにしていいって言われたんです！　背中を押してくださってありがとうございます！」とうれしそうな声で電話がかかってきた。その報告をしたとき、紡さんもうれしそうな顔をしていて……思わずハイタッチしそうになってしまった。

数日後の打ち合わせの日には、「一応、自分でもどんなデザインがいいか考えてみたんですけど……」と、メモ書きを恥ずかしそうに差し出してくれた。

そして、今日は待ちに待った、銀太郎さんの衣装完成の日。

銀太郎さんに衣装を着付けて、律儀に試着室の外で待っている天海さんのもとに連れていく。いつもよりおめかしした銀太郎さんを見た瞬間、天海さんの顔が「まあ……！」と輝いた。

「銀太郎さん、かわいい……！　いえ、すごくかっこいいです……！」

感激のあまり、眼鏡の奥の瞳が涙目になっている。

「喜んでいただけてなによりです」

紡さんの表情も、微笑ましいふたりを見たせいかいつもよりやわらかい。

先日、天海さんが出してくれた案はタキシードだった。パーティーのときに着る自分のドレスとペアになるタキシードを、ということだったが、紡さんがそこからアレンジをしてモーニングにした。ペンギンはスラックスは着られずジャケットだけになるので、背中側が長くなるモーニングのほうがバランスがいいと考えたのだ。

その予想は完璧で、モノトーンの衣装は白黒の身体の銀太郎さんにぴったり合っていた。シルバーのベストと黒のジャケットを重ね着しているようなデザインだが、実は一枚でつながっている。重ね着は銀太郎さんの負担が大きいだろうとこのようなスタイルにした。

銀太郎さんも衣装が気に入ったのか、首をかしげたりくちばしを動かしたりして喜びを表現してくれている。ペンギンの背中のなだらかな曲線にモーニングのしっぽ部分がフィットして、銀太郎さんの動きに合わせて軽やかに跳ねる。

「すごい、後ろ姿まで素敵……！　あの、写真を撮ってもいいですか？」

「はい、もちろん。でも天海様、今日衣装を持って帰られるので、わざわざ写真を撮らなくてもいつでも見られるようになるんですよ」

「あ、忘れていました。そうですよね……！　あまりに銀太郎さんがかっこよくて舞い上がってしまいました」

天海さんはバッグから取り出した携帯電話を伏せて、照れたように口元を隠した。

「そうだ、ならツーショットはどうですか？　私が撮ります」

「あっ、ぜひお願いします……！」

椅子に乗せた銀太郎さんの隣に、中腰になって立つ天海さん。きりりとくちばしを上げた銀太郎さんと、はにかんだ笑顔の天海さんは、お似合いの恋人同士に見えた。先日は天海さんが銀太郎さんをお世話している印象が強かったが、衣装が変わるだけで、銀太郎さんがエスコートしているような雰囲気になる。

「ありがとうございます、宝物にします……！」

私や紡さんも写真に入ってほしいと頼まれ、何枚か撮ったあと、天海さんは意志の強さを感じさせる瞳で告げた。

「創業パーティーのとき、思い切って『私の恋人です』って紹介してみようと思うんです」

「天海様……！」

その覚悟の大きさに、私は言葉を詰まらせたあと紡さんを仰ぎ見る。紡さんもまた、真剣な表情で天海さんを見つめていた。

「ほとんどの人は冗談だとか、サービストークだと思うでしょうが、もしかしたら何人かは気づいてくれるかもしれないから」

「私も……そう思います」

私も紡さんも、最初から冗談だとは思わなかった。ふたりの姿を見ていれば、そこになにかを感じ取ってくれる人はきっといるはずだ。

「今までは創業パーティーが不安だったんですけど、なんだか楽しみになってきました。かっこいい銀太郎さんを見せびらかすくらいの気持ちで行ってやろうと思います」

そして、銀太郎さんをケージに入れ、帰るときに天海さんが笑顔で告げた言葉が忘れられない。

「素敵なお洋服は、着る人だけでなく見る人の気持ちまで変えてくれるものなんですね。こんな感覚……今まで知りませんでした」

まさにそれが、私がこの世界を目指した理由だったから。

今の私を、おばあちゃんもお針のおじいちゃんも、天国で見てくれているかな？

六着目　大女優のエンディング・ドレス

「紡さん、最近始まった昼ドラ見てますか？」

この日は予約のお客様もおらずのんびりした日で、私はショーウインドウのマネキンを春物に着せ替えている紡さんを手伝いながら、なにげなく話しかけた。もう四月に入ったので、スーツもドレスも明るい色のほうが街に映える。

「見ていないが」

紡さんは着せ替える手を止めず、興味なさそうにつぶやく。

「えー、もったいない！　ヒロインの子もかわいいんですけど、大御所女優の国宝巴（こくほうともえ）がめちゃくちゃ美人でかっこいいんですよ〜！　悪役なんですけど、一番目を奪われちゃうっていうか」

国宝巴は、数十年前に一世を風靡（ふうび）した大女優だ。派手な顔立ちとキリッとした猫目、日本人離れしたボディライン。その美貌から、清楚なヒロインというよりは悪役やイジワルな役を多く演じてきた。今はもう七十歳近いだろうか。しかしその魔女めいた美しさは健在で、今でも日本のドラマや映画には欠かせない存在だ。

「そもそもその時間は勤務中だろう。録画しているのか？」

「今はネット配信であとからでも見られるんですよ。無料なので紡さんも見てみてください！」

私はドラマのタイトルと無料配信サイトを紡さんに教えるが、頭に入っている様子ではない。

「ドラマにはあまり興味がない。国宝巴は祖父が好きだったので知っているが」

「興味なくても、このドラマだったら絶対見ちゃいますって！」

私も就職してからは、どうしても帰りが遅くなるのでドラマからは遠ざかっていたのだが、このドラマは国宝巴の演技がネットで話題になっていたので見てみたのだ。そうしたら、まんまとハマってしまった。

「あの板についた悪女っぷりがいいんですよね～！　国宝巴って、プライベートでもあんな感じなんでしょうか？」

貫禄のある女王様、といった女優の私生活はだれもが気になるところだろう。バラエティにもまったく出ないし、ＳＮＳをやっているわけでもないのでミステリアスなのだ。

「さあ。役とプライベートは違うんじゃないのか」

「それはそうですけど……あ」

ちょうどショーウインドウの模様替えが終わったとき、店の扉がキィと開いた。

「ごめんください……あら」

顔を出したのは、ボディラインが目立つ海外ブランドっぽいスーツを着て、大きなサングラスをかけた年配の女性。

パーマをかけた肩上の髪はつやつやしているし、スタイルは若者顔負けだしで、私はそのオーラに圧倒されてしまった。

「こんにちは。予約もしていなくて飛び入りなんだけど、いいかしら？」

よく響く美しい声で挨拶し、サングラスを外した顔を見て私は人生で一番というくらい驚いてしまった。

なぜなら、ここのところ週一でじっくり見ている顔だったからだ。

大きな瞳を彩る長いまつげ。すっと通った鼻筋と、意志の強さを感じさせる眉。妖艶な笑顔は、刻まれた皺さえ貫禄に変えてしまう。

「こ、こ、こっ……」

国宝巴だ！　本物の！

驚いてニワトリの鳴き声のようなものを発している私をじろりとにらみ、紡さんは国宝さんに向かってうやうやしく一礼をした。

「いらっしゃいませ。もちろん大丈夫です。失礼ですが、女優の国宝巴様……ですよね？」

「ええ、ご存じなのね。そう、私が国宝巴ですよ。若い人に知ってもらえてうれしいわ」

手を身体の前で揃えて優雅に微笑む。こ、これはワイドショーでよく見る〝芸能人ポーズ〟……！　なんだろう、『こんなに美しいものを見せてくれてありがとう』というような、神に感謝する気持ちになって、目まで潤んできた。美人大女優尊い。

「あの、今やっているドラマ毎週楽しみにしています……！」

「まあ、本当？　それはうれしいわ、ありがとう」

実際も女王様みたいな厳しい人なのかな、と思っていたけど、優しそうでホッとした。

……と思ったのはつかの間、国宝さんはいきなり目つきを変えると、腕を組んで顎を上げた。

「それはそうと、椅子はないのかしら？　早く案内してちょうだい」

えっ……？

まるでヘビににらまれたカエルのように、私は作り笑いを浮かべたまま反応ができない。さっきまでの優しい態度は、一瞬だけのファンサービスだったの？　この言葉遣いや態度、ドラマでの悪役にそっくりなんだけど……。

しかし、硬直している私と違って紡さんの対応は早かった。

「……失礼しました。こちらへどうぞ」

カツカツ、とヒールの音を響かせてテーブルセットに向かった国宝さんは、腰をかけるなりジャケットを脱ぎ、ノースリーブのワンピース姿になった。二の腕から手首にかけてはシミもなく真っ白で、年齢を感じさせない。そして、補整下着の効果もあるのかもしれないが、胸元はうらやましいほどバンッと張り出している。寒くないのかな、という疑問はあまりに堂々とした姿に吹き飛ぶ。

私はさっきの衝撃が残っていて、若干びくつきながら腰をかがめる。

「あの……国宝様。お茶のお好みをうかがってもよろしいですか？」

「あら、私お茶は飲まないのよ。歯にステインがついてしまうから。フランス産のミネラルウォーターはないの？」

うちにはお湯を沸かす用のミネラルウォーターしかないのだけれど、外国産のものは硬水でお茶が渋くなってしまうので、国産の軟水と決めている。

「すみません、日本産のものでしたら……」

なのでそう断ったのだけど、国宝さんは不満げに「ふうー……」と長い息を吐いた。

「そう。なら仕方ないわね。だったら紅茶でいいですよ。それなりの銘柄のものを使ってちょうだいね。香りの強いものは苦手だから、フレーバーティーじゃないものをね」

「は、はい……」

明らかに、仕方ないとは思っていない口調だ。気の利かない店だと思われてしまっただろうか……。

それを挽回したくて、いくら室内とはいえ寒々しい姿の国宝さんに気を回す。

「あの……。もしよろしかったら、ひざかけをお持ちしましょうか？」

「ああ、大丈夫よ。更年期障害のホットフラッシュで暑いくらいなの」

「そうなんですか。失礼しました」

デリケートなことを言わせて悪かったな、と恐縮しつつも、七十歳前後でも更年期障害になるのだろうか、という疑問が残る。母や祖母から話を聞いたことがあるが、一般的には五十代くらいだったはずだ。

不審に思っていると、紡さんから『早くしろ』という意味の目線を送られ、あわてて一礼して立ち去る。

私が『定番なら間違いないだろう』とフォションの紅茶を持っていくと、紡さんがどう機嫌をとったのかわからないが、場の雰囲気は多少マシになっていた。普段美形ばかり見ている女優さんでも、紡さんほどのイケメンには弱いのだろうか。

「どうぞ。フォションのセイロンです」

フレーバーが苦手ということなので、アールグレイやアップルティーは避けた。セイロンはスーパーで売っているようなティーバッグでも使われているので大丈夫だと思うのだが。

「まあ、無難なチョイスね。いただくわ」

ぐぅ、という音が喉から出そうになったが、なんとか耐えた。

こうして黙って紅茶を飲んでいると優しい雰囲気なのだが、物言いが厳しいのはどうしてだろう。アパレル店員という立場上たくさんの人と接してきて、初対面の相手への観察力は弱くないつもりだ。だけど、国宝さんの態度には違和感がある。本当は優しいのにわざとそれを隠しているような、わざとらしさを感じるのだ。

女優さんだから、どうしても大仰な話し方になってしまうのだろうか。心の中であれこれお客様の性格を考えるのはよくないとわかっているのだけど、今まで違和感を覚えたお客様にはなにかしらの事情があったので、構えてしまうのだ。

「ところで、うちの店のことはだれかからご紹介があったのですか？」

私が席についたあと、紡さんがたずねる。今までの会話は雑談で、注文についてはまだうかがっていないみたいだ。

「ああ、それはね。天才ふたご音楽家の設楽美音ちゃんと詩音くんは覚えていらっしゃる？　いい仕立屋を探しているってほうぼうで話していたら、ふたごとも付き合いのあるドラマの音楽プロデューサーが教えてくれてね」

「なるほど、美音様と詩音様のつながりでしたか。おふたりは二分の一成人式の衣装をご依頼くださったんです」

「ええ、ええ。うかがっていますよ。その話を聞いてこの店に決めたんだもの。腕も申し分なく、顧客の秘密も守ってくれそうな店だってね」

「秘密……ですか」

なにやら物々しい言い方に、紡さんは表情を引き締めた。

「ええ。これからお話する注文は、しばらくだれの耳にも入れたくないの。もちろん、マスコミに勘付かれてもダメ」

「内容をおうかがいしても？」

なにやら複雑そうな注文が来たぞ……、と私も姿勢を正す。よっぽど大事な仕事用の衣装なのか、もしくはプライベートのものなのか。

しかし、大女優からの注文はそのどちらでもなかった。

「ええ。あなたにはね、私のエンディング・ドレス——つまり死に装束を作っていただきたいの」

「えっ」

「死に装束……ですか。つまり……」

紡さんが言いよどむ。それもそうだ。だって今この人は、自分にはこれから死ぬ予定がありますって宣言したようなものなのだから。

「ああ、そんな顔しないでちょうだい。違うのよ、使うのは私の生前葬でなの」

「ああ、なるほど……」

私も紡さんも、それを聞いてホッと緊張を解いた。

生前葬とは、生きているうちにおこなう葬儀のことだ。お世話になった人にお礼を言うためのものが多く、普通のお葬式とは違ってイベント的な意味合いが強いと聞いたことがある。有名人は多くやっているらしいが、一般人の私には縁がなく、出席したことはない。

「まだ美しさが残っているうちに生前葬をやっておきたいのよ。死んだあとに、あんなダサい死に装束を着せられるなんてまっぴら。信頼できる関係者にだけ打ち明けているんだけど、テレビ中継もされる予定だから、うんと映えるやつを作ってちょうだい」

なんでも、直前に報道されるまで極秘のプロジェクトらしい。これは責任重大だ。

「なるほど。生前葬には国宝様も喪主として出席を？」

「ええ。棺桶に入ってみせるセレモニーもあるので、格式高い感じのドレスがいいわね」

「棺桶……ですか」

国宝さんは微笑んでいるけれど、それはちょっと笑えなかった。悪趣味、とまで思ってしまう。口には出さないけれど。

仏教のお葬式だと、死に装束といったら白い着物だけど、生前葬で自由度が高ければドレスもありなのだろう。

「格式高いということでしたら、やはり白か黒のドレスがいいのでしょうか……」

紡さんと国宝さん、どちらに対してでもなくつぶやいた言葉だったが、国宝さんは眉をしかめて「ああいやだ」と虫を追い払うような声を出した。

「こんなセンスのない子が働いている店に任せて大丈夫かしら……」

国宝さんのため息に、さーっと血の気が引く。

「申し訳ありません、うちの布川が余計な発言を……」

「も、申し訳ありませんでした……！」

紡さんと一緒に席から立ち、深々と頭を下げる。

「まあ、いいわ。頭を上げてちょうだい」

手が冷たくなって震えたまま、私はゆっくりと顔を上げた。

もう国宝さんは怒ってはいなそうだったが、お客様を怒らせてしまったというショックで涙が出そうだ。

「でも、このままじゃ不安だわ。一度、私の家のワードローブを見て、感性を磨いてから提案してくれるかしら？」

「えっ……国宝様のご自宅に、直接……ですか？」

テレビで見たことはないけれど、おそらく豪邸なのだろう。そんなところに一介の仕立屋が訪問してよいものなのだろうか？

まあ、こういうときには店主の紡さんが訪問するのだろうから、私には関係ないか。

――と安心していたのに。

「わかりました。こちらの布川に向かわせます」

「えっ」

紡さんからまさかの指名が入った。

「そう。なら、こちらから追って日程を伝えます。今日はこれから撮影があるので、これで失礼するわ」

甘く毒気のある香水の香りを残して国宝さんが去ったあと、私は紡さんに詰め寄った。

「つ、つ、紡さん、なんで私が⁉　む、無理ですよ！　またなにか失礼があるかもしれないですし」

「そうは言っても、女優の家に男の俺が入るわけにいかないだろう。誤解されてスキャンダルにでもされたら、生前葬に変なケチがつくかもしれない」

「それは……そうですけど……」

たしかにこんなイケメンが芸能人の家に入っていったら、若い恋人かなにかだと勘違いされるかもしれない。たしか国宝さんは、俳優の旦那様とは死別しているし。その点私なら、『まあなにかのセールスか行商だろうな』と思われて終わりだと思う。

だけれども、こんな重大な任務に向かうのが私でいいのだろうか。今日も気分を害させてしまったし、家でふたりきりで国宝さんと向き合うのは不安だ。

「まあ、がんばれ。家に招いてくれるんだから、国宝様はうちの店をある程度は気に入ってくれたということだ」

「あんな態度だったのに……？」

それについては疑問が残るが、家に招くということはプライベートの自分を見せるのと同じことなので、言葉ほどは嫌われていないいってことだよね……？　いや、そう思い込むことにしよう。

しかし私は、訪問の約束日まで胃を痛めながら過ごすこととなった——。

ついに来た訪問日、私は最寄り駅まで迎えに来てくれたお手伝いさんとタクシーに乗って国宝さんのお宅に向かった。予想どおりの豪邸で、大理石の玄関にはシャンデリアまである。ここに布団を敷いて寝られる広さだ。都心にこれだけの大きさの一軒家、きっと何億もかかっているに違いない。

「お、お邪魔します……」

出迎えてくれた国宝さんはお店で見たときよりもリラックスムードで、丈の長いワンピースを着て透かし編みのケープを肩からかけている。この前はホットフラッシュで暑いと言っていたのだが、今日は平気なのだろうか。

「まあ、とりあえず座ってちょうだい。うちのお手伝いさんのお菓子は美味なのよ。召し上がれ」

「は、はい。いただきます」

ロココ調のテーブルセットが置かれたリビング——いや、ダイニングなのだろうか？よくわからない広い部屋に通され、三段重ねのお皿に盛られたデザートと、うちの店で出しているのよりもずっと高級そうな香りの紅茶を挟んで、国宝さんと向かい合っている。そのままお手伝いさんもいてくれるのかなと心強い気持ちでいたのだが、お茶とお菓子を出してくれたあと、「では私はこれで……」と帰ってしまった。

テーブルの上にはパッチワークで作ったランチョンマットが置かれ、同じ柄のクッションが椅子にもあるが、お手伝いさんの手作りなのだろうか。

「あの、国宝様は食べないんですか……？」

三段重ねのデザートスタンドは私の近くに置かれ、デザートもひとり分しか盛られていない。

「こんなに食べたら太ってしまうもの。女優は体重管理が大変なのよ」

「あ……そうですよね」

「私に遠慮しないで召し上がって？」

正直、緊張のしすぎで紅茶の味も苺タルトの味もわからなかった。こぼさないように、音をたてないように食べるので精いっぱいだ。ふたごのパーティーでも場違い感はあったけれど、人がたくさんいたし隣には紡さんがいてくれたからここまで緊張しなかったのに。

「ふふ、緊張してるみたいね」

国宝さんの持っているティーカップの金縁が、シャンデリアの光を反射してきらめいた。ステインが……とお店でも気にしていらしたので、中身は水だろう。お手伝いさんは私にだけ紅茶を注いでいたから。このカップも、割ったら絶対に弁償できない金額だろうから、気をつけなければ。

「は、はい、すみません……。憧れていた国宝様のご自宅なので、つい……」

「いいのよ、お世辞なんて言わなくて。私はどうも世間から、わがままな悪女のイメージを持たれているみたいだしね」

そう告げる国宝さんの表情がなんだか寂しそうで、気になった。

「あの、国宝様……」

そのとき、とととと……と小さな足音をたてて長毛の小型犬が近寄ってきた。黒と茶色のまじった毛並み、おひげに見える口元の毛。なんとも愛嬌のあるかわいらしさだ。

「あら、ナンシー」

「かわいいですね。ヨークシャーテリアですか？」

「ええ。もう十年も飼っていて、おばあちゃんなんだけど」

十年前といったら、国宝さんの旦那様が亡くなったくらいの時期だ。もしかして、寂しさをまぎらわすために犬を飼ったのだろうか……と余計な詮索をしてしまう。

「甘えたいのかな？　それとも、お客さんを見に来たの？」

優しい声で話しかけてナンシーちゃんを抱き上げる国宝さんからは、悪女の面影はまったくなかった。

この人は本当は、もしかして……。

頭の中にふっと浮かんだ予想があったけれど、愛らしいもふもふの前では吹き飛んでしまった。

「あの、なでてもよろしいですか？」

「ええ、もちろん。この子は全然人見知りしなくて、お客さんが来ると遊んでほしくてすぐに甘えるのよ」

国宝さんがナンシーちゃんを床に下ろすと、すぐに私の足にすりよってくる。

「うわあ、ふわふわ……！　本当にかわいいですね……！」

私は椅子から下りてしゃがみこみ、もふもふを充分に堪能した。

その後はナンシーちゃんのおかげでリラックスできたのか、おいしいお菓子と紅茶も堪能することができた。

「これから衣装部屋に案内するけれど、その前にあなたにお願いがあるの」

お皿がすっかり空になったころ、国宝さんがティーカップを置いて改まったように告げた。私は思わず、背筋をピンと伸ばしてしまう。

「はい、なんでしょう」

「国宝様、だなんて仰々しい呼び方があまり好きではないの。私のことは、巴さんと呼んでいただけないかしら」

「えっ」

予想外の無害なお願いだったため、私は面くらう。

「それは、もちろん……。でも、よろしいんですか?」

「ええ。私が頼んでいるんですもの」

「では、わかりました。……巴さん」

大女優を友達みたいに呼ぶのは抵抗があったが、巴さんは満足そうにうんうんとうなずいた。

「国宝のほうは芸名なのだけど、巴は本名なの。やはりそう呼ばれるほうが落ち着くわ。当時の事務所の社長がつけたんだけど、〝国宝〟だなんて恐れ多いわよねえ……」

「でも、巴さんは日本で一番この名字が似合う人だと思います」

「ふふ、ありがとう。それはお世辞じゃなさそうね」

ぎく、とこめかみから冷や汗が流れる。この人、意外と鋭い……。この分だと、私が怖がっていたこともお見通しだったのだろう。

「じゃあ、衣装部屋に案内するわ。二階にあるからついてきてちょうだい」

金色の手すりがついたらせん階段を上がり、扉の前まで案内される。ウォークインクローゼットではなくひと部屋をまるまるクローゼットにしてしまうなんて、さすが大女優。

「ここよ」

巴さんが扉を開けると、鮮やかな世界が目に飛び込んできた。

「うわあ……！　すごい……！」

部屋に一歩入っただけで圧倒される、カラフルな色の洪水。キラキラ光るスパンコール、縫い付けられたイミテーションの宝石、羽根飾り。

部屋の中央にあるハンガーラックには、一般人にはおよそ着こなせないであろうゴージャスなドレスが並んでいる。

「そこにあるのは今までの衣装よ。ドレスは試写会とか、映画祭なんかで着たものね」

「なるほど、それでこんなに華やかなんですね……！」

このドレスを着て巴さんがレッドカーペットを歩いたのか……と過去に思いを馳せる。

なんだか、ひとりの女優の歴史を見せてもらっているみたいだ。

こんなドレスを普段から着ていたのでは、私が提案したモノトーンのシックなドレスなんて却下されるわけだ。テレビ中継されるのだから、映えるデザインにしなければいけない。

「巴さんが自分のワードローブを見て勉強しろとおっしゃったわけがわかりました」

ここまできらびやかなドレスは仕立屋でもなかなか作らないし、普通のドレスショップには置いていない。自分の見識が浅かったことに気づかされた。

ゴールドのラメ入りドレスに、首からデコルテまでをレースで覆った繊細なドレス。濃いピンクのマーメイドドレスは裾が引きずりそうなくらい長くて、一見シンプルなブラックドレスには、光沢感のあるベロア地が贅沢に使われていた。

「まあ、テレビの衣装はそれ専門の人が作るから、一般の仕立屋では見る機会はないでしょうね」

「やっぱりそういう専門の職業の人がいらっしゃるんですね。いいなぁ、そういう職業も楽しそうですよね……」

このドレス一着に、どれほどの労力がかかっているのだろう。ビーズ刺繍が全面につけられたドレスを見てほうっとため息をつくと、巴さんがくすりと笑みをこぼした。

「あなた本当に服飾の仕事が好きなのね。このクローゼットを見て女優をうらやましいと思う人はいても、作るほうを楽しそうと言ったのはあなたが初めてよ」

「そうなんですか……？」

たしかに、縫い目とかレースとか、職人じゃないと見ないような細かいところまで観察しているかもしれないけれど、それは職業病だし、紡さんでも同じことをすると思う。

「それじゃあ、こっちは巴さんのプライベートのお洋服ですか？」

反対側のラックには高級ブランドのスーツ、ワンピースが並んでいる。これはこれで圧巻だ。

「そうね。休日はラフな服も着るけれど、撮影に行くときやお買い物に行くときはそれなりのものを着ないと、写真を撮られたときに困るから」

「そんなところまで気にしないといけないんですね……」

有名人は大変なんだなぁ。そうなると、家の中くらいしか本当にくつろげる場所はないのかもしれない。

「あれ、このへんは海外ブランドじゃないんですね。デザインもちょっとレトロ……？」

見たことのないブランドのタグのワンピースのエリアは、仕立てはいいのだが今の流行とはちょっと違っていた。

「ああ、それは私の若いころのものよ。私服もあるけれど、雑誌や写真集の撮影で使っていた少女服が、シミもほつれもない状態で並んでいる。

「ええっ、七十年代のレトロワンピースの、本物……　あっ、こっちはセーラーカラーのトップスと、おそろいのワイドパンツ……！　かっ、かわいい！」

ひと昔前の雑誌なんかに載っていそうな少女服が、シミもほつれもない状態で並んでいる。

大きな丸襟のベルト付きワンピースとか、サスペンダー付きのキュロットとか、今見てもよだれが出るくらいかわいい。色あせたビタミンカラーの花柄や幾何学模様で、レトログラスやお菓子のパッケージにありそう。

「リバイバルでしか見たことのない柄やデザインがこんなに……！　まるで宝庫ですよ、ここは！　美術館に展示してもいいくらい……！」

「そ、そんなに興奮するものなの……？　私にとってはただの古着で、思い出があるから捨てられないだけなんだけど」

「ええっ、古着だなんてもったいない……！　私は、入場料を払っても見たいです！」

鼻息を荒くして豪語すると、巴さんはぽかんとしたあと、くっくっと声をこらえるように笑い出した。

「と、巴さん？」

なにがそんなにツボに入ったのだろうか……とおそるおそる声をかけると、巴さんは「あー、おかしい」と言いながら目尻にたまった涙を指でぬぐった。

「あなた、面白い子ね。思ったとおり」

「え……？」

巴さんの言い方に疑問を感じて、首をかしげる。『思ったとおり』ということは、お店に来たときからそう思っていたということだ。やっぱり、あのときは本気で怒っていたんじゃないってこと？

うーんと考えていると、ラックの端に追いやられた服が目に入る。

「あれ、こっちもレトロなデザインですけど、ちょっと雰囲気が違いますね……？」

ラックのほんの片隅に、白や淡いピンクのワンピースやフリルブラウスが隠されるようにかかっている。

「ああ、こっちは芸能界デビューしたばかりのお金がないころ着ていたものなの。恥ずかしいからあまり見ないでちょうだい」

「あ、はい……」

安物の古着もとってあるなんて、巴さんは物持ちがよいのか、それともあの服たちにも特別な思い出があるのだろうか。

その後は特別にリビングや客間、シアタールームも見学させてくれて、私はホクホクとした気持ちで帰路についた。

まだ夕方だし、巴さんの家で出してもらった紅茶でも買って帰ろうかな……と、駅に併設されたデパートに入る。

「あ、あのクッション、巴さんの家にあったのと雰囲気が似てる……」

ふらっと入った雑貨屋は、イギリスのデザイナーが手がけている、キュートなカントリー調のブランドだった。

やっぱり。この淡い花柄の感じ、あのパッチワークに使われていた生地だ。

お店には布地も売っていたので、それを使ってお手伝いさんが縫ったのだろう。

でも……あれ？

この店にいると、巴さんの家にいるときには感じなかったちぐはぐ感が形を伴って見えてくる。

ランチョンマットと、クッションだけじゃない。このお店で感じる少女っぽいかわいらしさ、その断片を私は今日、巴さんの家のいろんなところで目にした。

客間のベッドサイドに飾ってあったウサギのぬいぐるみも、パッチワークの生地ででてきていた。ダイニングの棚に置いてあった食器はウェッジウッドのものが多くて、特に目に入る位置にあったのは『ワイルドストロベリー』という野いちご柄のもの。お店でも使っているから知っていた。

リビングのソファにかかっていたかぎ針編みのカバーは、今日巴さんが肩からかけていたケープと同じデザインではなかったか。

大きな家具はゴージャスで華やかなロココ調のものだけど、小物や食器類にはかわいらしいものが多かった。それは、ラックの端っこに追いやられたパステルカラーの洋服たちとどこか似ていて……。

もしかして、巴さんは役のイメージとは真逆で、かわいいものが好きなのでは……？

そしてそれを、周りに隠している……？

お店で怒られたときに覚えた違和感。ナンシーちゃんに接するときの優しい表情。私を面白い子だと笑ってくれた。あの人の本質は、やっぱり……。

私は手に取っていた布地を棚に戻し、急いでデパートを出た。

今日はお店の営業日だけれど、巴さんのオフ日だったので私だけ有休扱いにしてもらったんだ。お店に行けば、紡さんがいる。

早く、早く、このことを伝えたい――。

「紡さんっ！」

裏口から入り、工房で作業していた紡さんのもとにつかつかと歩み寄ると、紡さんは目を見開いて立ち上がった。

「糸、どうしたんだ。今日はそのまま休みでいいと言っただろう」

「気づいたんです。巴さん……国宝様の、本当に好きなもの」

私は息を切らしながら紡さんに訴える。

大事にとっておいた、白いコットンワンピースや淡いピンクのリボン付きブラウス。それは国宝巴のイメージとはかけ離れた清楚でかわいらしいものだけど、巴さんは本当は、そんな服や小物に囲まれて過ごしたかったんだと思う。

でも、女優になって、勝ち気な女王様というイメージが広まって……。巴さんは本当の自分を出すことができなくなった。どこでだれに見られているかわからないから、役のイメージに合う服を着て、性格もそれに合わせて演じて。でも、家の中だけこっそり、本当に好きなものを忍ばせた。

「私……私は、エンディング・ドレスくらい巴さんの本当に好きなものを着てほしい……！　イメージに縛られないで、自分が着たい服を……！」

パフォーマンスとしてのお葬式だけど、わざわざうちの店に依頼してきたということは、今までの国宝巴を知らない人に任せたかったから。家に招いたのも、本当の自分を見つけてほしいという気持ちが隠れていたのでは？　自分自身では気づいていなくても、巴さんの中で眠っている乙女な気持ちは、私に見つけてほしいと声をあげていた。

「国宝様の自宅で、なにかをつかんだんだな」

紡さんは一瞬だけ微笑むと、棚から新しいスケッチブックを取って私に差し出した。

「今回は、糸がデザイン画を描いてみろ」

「えっ、いいんですか？」

真新しい、お店用のシックな表紙のスケッチブック。いつも紡さんがデザイン画を描いているそれは、私の憧れだった。

「ああ。もちろん手直しはするが、今日国宝様と共に過ごした糸にしか描けないデザインがあるはずだ」

「はい……！」

紡さんの眼差しは、私を信頼してくれていた。だったら、できる最大限の力を発揮しなきゃ。

スケッチブックをぎゅっと胸に押しつけると、自分の心臓が高鳴っていることに気づいた。

「あ、今日お休み扱いなら、閉店までここでデザイン画を描いていていいですか？」

「ああ。……ずいぶん熱心だな」

「なんか、じっとしていられなくて」

大きな作業台の、紡さんの対面に座り、しゃっしゃと鉛筆を走らせる。私服で工房にいるのは変な感じだったけれど、集中しているうちにそんなことは忘れていた。

どんな色にしよう。桜みたいな淡いピンク？　それとも若草色やたんぽぽ色？

柄は、形はどうしよう。巴さんが喜んでくれて、かつ巴さんの魅力に負けない服はどんなものだろう。

「で……できました……！」

閉店時間までかかって私が描きあげたものは、クリーム色のシュミーズドレスだった。

胸下に切り替えがあって、幅広のピンク色のリボンで結ぶ。袖はパフスリーブで丈はトレーンを長く、スカート部分にはチュールレースを重ねる。デコルテは大胆に開けて、袖と胸元はフリルで華やかに。柄がなくてシンプルな分、チュール部分には金色の糸で百合の紋章をちりばめる。

シュミーズドレスは、十九世紀のフランスで流行した、モスリンを使ったコルセットをつけないドレスだ。マリー・アントワネットが広めたと言われている。

プラス、レース生地で作った羽衣のようなショールを腕にかけて、髪もアントワネットっぽく結えば、女王様ではなく〝お姫様〟感が出るだろう。アクセサリーもアンティークで揃えるといいかもしれない。

閉店作業のためにシャツのボタンをひとつ外した紡さんが、「見せてみろ」と言いながらスケッチブックを取り上げる。

真剣な顔でデザイン画を見つめる紡さんを、ドキドキしながら椅子に座ったまま見上げていたのだけど——。

「これは、俺には思いつきもしなかったデザインだ」

目元をほころばせ、「合格だ。直すところもない」とスケッチブックを返される。ついでに頭にぽん、と手のひらを乗せられたので、顔がカアッと赤くなる。

「学生時代、フランスの服飾の歴史を勉強したときに知ったんですけど、そのときからシュミーズドレスが大好きで……。ひらひら華やかなロココ調のドレスよりも印象に残ったんです」

照れているのを隠すため、いつもより早口で説明する。

堅苦しい服を脱いだアントワネットが宮廷を抜け出し、締め付けのないシュミーズドレスを着て、田園遊びに興じる。巴さんの中の少女性と、シュミーズドレスのイメージが重なったのだ。

「早く巴さんに見せたいです……！」

数日後、店を訪れた巴さんはデザインをとても気に入ってくれ、「あなたにはすべて知られてしまったのね」と恥ずかしそうに笑っていた。

採寸も終わり、布地やリボン、刺繍糸も決め、満を持して製作に取りかかったのだが、気になることがひとつ。

「巴さんの生前葬の話、ニュースになりませんね……？」

ドレスはもう、仮縫いが終わって本縫いに入っている。ドレスが仕上がったらすぐに生前葬をすると聞いているので、そろそろ報道されてもいいころだと思うのだが。

「そうだな……」

紡さんはどこか生返事だ。芸能界のことにはあまり興味がないのかもしれない。

「巴さんが完成したドレスを受け取りに来るときに、いつやるのか聞いたほうがいいですかね？」

「いや、極秘と言っていたからあまり俺たちが首をつっこまないほうがいいだろう」

「そうですか……？」

家にも行ってドレスも作っているんだから、もう充分首をつっこんでいると思うのだが、紡さんがそう言うなら従っておいたほうがいいだろう。

「そんなことよりも、手を早くしろ。チュール部分に刺繍だけじゃなくパールビーズも縫い付けようと提案したのは糸なんだからな」

「うっ……。は、はい……」

照明が当たったときの画面映えを気にする巴さんに、だったら……と余計に手間のかかる提案をしたのはたしかに私だ。おかげで毎日刺繍をしても終わらず、ここ数日手と目が痛い。

「でも、これだけ手をかけているんですから、きっと素敵なドレスになりますよ。巴さん、感激してくれるんじゃないですか？」

「……そうなるといいな」

お客様の話をしたときはちゃんと会話になるよう返してくれるのに、紡さんのそっけない態度が妙に気になった。

ドレスの完成お披露目の日、巴さんはシルクのブラウスとタイトスカートというさわやかな格好で現れた。いつもどおり大きなサングラスをかけて、今日はつばの広い帽子もかぶっていた。

「ちゃんと巴さんの好きな銘柄のミネラルウォーターを用意しておきましたよ。はい、どうぞ」

何度かお店に来てもらう間に、巴さんの好みも詳しく聞き出すことができたので、通販で取り寄せて用意しておいた。普通のスーパーには置いていなかったのだ。

「ありがとう。外は日射しが強かったからお水はうれしいわ」

グラスに入ったお水には、これまた巴さんの好みに合わせて氷は入れていない。美容のため、冷たいものはなるべく飲まずに常温にしていると聞いた。

……あれ？

帽子とサングラスを取ってお水を飲む巴さんを見て、いつもと雰囲気が違うなと気づく。ああそうか、メイクが違うんだ。いつもヘアメイクが完璧な巴さんだけれど、今日はなんだか不自然さがあるというか、いつもより厚塗りのような……？　日射しが強いから、紫外線を気にしてファンデーションを濃いめに塗ったのだろうか。

少しだけ雑談をしたあと、巴さんを試着室にご案内する。

「アクセサリーも用意したので、一緒につけてみてくださいね」

ドレス一式を渡して着替え終わるのを待っていると、息をのむ音が聞こえた。

「巴さん？　お着替え終わりましたか？」

声をかけると、試着室の扉がためらいがちに開く。ゆっくりと外に出てきた巴さんを見て、私は目を見開いたまま言葉を失ってしまった。

「と、巴さん……！」

「ど、どうかしら……？」

恥ずかしそうに頬を赤らめ、ドレスの裾を持ち上げるそのしぐさ。首からデコルテにかけての、ほっそりしたラインをふわっとしたドレスが際立たせていて、今の巴さんは少女めいた可憐さを放っていた。

「とっても綺麗……、ううん、かわいいです……！」

本当に一瞬、巴さんが十代の少女に見えた。今は髪を下ろしているけれど、結い上げたらますます雰囲気が出そう。

「これが、本当に私なのね……。悪役にも、女王様にも見えないわ……」

「はい。今の巴さんはとっても可憐なお姫様です」

「お姫様……」

巴さんはふうっと息を吐くと、表情を崩さないままはらはらと涙をこぼし始めた。

「えっ。と、巴さん⁉　どうしたんですか⁉」

ドレスに感激しすぎたの？　でも、泣き出すほどだなんて……。

おろおろしていると、テーブル近くで待機していた紡さんがやってきて、巴さんの背中にそっと手を当て、耳元でささやいた。

「大丈夫です。全部わかっておりますから」

「針ヶ谷さん、あなた……」

巴さんは、潤んだ瞳をハッとしたように見開いた。

「落ち着いて、椅子に座ってください。新しいお水も用意しますね。——布川さんは国宝様についていってください」

「えっ。は、はい」

紡さんはハンカチを手渡してこの場を去ってしまう。巴さんを椅子に座らせて隣に控えたものの、私にはなにがなんだかわからない。

「巴さん……」

ただ、しゃくりあげもせずに静かに涙を流す巴さんが、尋常ではない様子なのはわかる。

「お待たせしました。……お薬などは大丈夫ですか?」

「ええ、大丈夫よ。——あなた、いつからわかっていたの?」

「最初に国宝様がいらっしゃったときに違和感を。まだ肌寒いのにジャケットを脱いでいたことと、香りの強い紅茶を断っていたことでもしや……と。その後、生前葬の報道がされないことで確信を」

グラスを渡す紡さんとの間で、またふたりにしかわからない会話。紡さんとふたりで巴さんの対面に座ったところで、どちらにともなくたずねた。

「あの……どういうことですか？　薬ってなんのことですか？」

「私、病気なのよ。通院治療しているけれど、手術しなきゃこのまま死ぬだけの」

「えっ！」

心臓がばくん、と暴れる。

巴さんの涙は止まっていたが、穏やかな微笑みを浮かべているのが信じられなかった。

「初来店のときノースリーブ姿になって、あなたに心配されたわね。あれは薬の副作用でホルモンが不安定になってホットフラッシュを起こしていたから。吐き気もあるから、最近ではお茶じゃなく水を飲むようになっていたの」

ステインを気にしてじゃ、なかったんだ……。じゃあ、巴さんの家でお菓子を食べなかったのも、吐き気で食欲がなかったせいかもしれない。今日のメイクが厚く感じたのも、顔色が悪いのを隠すため？

「でも、手術すれば治るんですよね？」

手術しなければ死ぬということは、すれば生きられるということだろう。

「もう、治療はやめようと思っていたの。手術しても完治しない可能性もあるし、通院にも疲れていて」

「でも、それじゃ――」

「そう、もう死のうと思っていたの。生前葬っていうのも嘘。私は、本当に死に装束にするつもりで、あなたたちにドレスを頼んだの。素敵な死に装束があれば、死ぬのが怖くなくなると思って……。だって、死んだらこれが着られる、と思えば楽しみでしょう？」

「そんな……」

すうっと血の気が引いて、目に涙が浮かんでくる。巴さんが、死んでしまう？　本当に？　私は、巴さんが死ぬためのドレスを作ってしまったの？

ぐすっと洟をすする私に、「驚かせてごめんなさいね」とハンカチを差し出す巴さん。これは、さっき紡さんが渡したものじゃなく、巴さんの私物だ。花柄で、縁にレースがついている。

綺麗にネイルが塗られた細い指を見て、また涙がじわっと盛り上がってきた。

「い、いやです〜。巴さんと、出会えたばっかりなのにお別れするの……」

いやいやするように首を横に振り、涙と鼻水を垂らしながらだだをこねる私を見て、巴さんも紡さんもぽかんとしていた。ああ、私今、すごく不細工な姿をふたりにさらしているんだろうなぁ。でも、そんなこと気にしている場合ではない。

「あきらめないでほしいです……。もっと長生きして、巴さんの演技を、ドラマでも映画でも見たいです……」

こんなこと、私のわがままだってわかってる。治療をつらいと言っている人に強制するなんて……。でも、それでも巴さんにはがんばってほしかった。治る可能性があるのにあきらめるなんて、そんなの絶対に嫌だ。

「まったく、あなたったら……」

巴さんは腰を浮かせて腕を伸ばすと、私の両頬をぷにっとつまんだ。

「話を最後まで聞いてちょうだい。まだ、私が泣いた理由を話していないでしょう？」

「ふぁ、ふぁい」

小さい子どもみたいに叱られて、ちょっとおばあちゃんを思い出してしまった。

「このドレスを着てみたら、死んだあとしか着られないのが惜しくなってしまったのよ。だってこんなに私好みのドレスで、なりたかった『可憐な少女』にこの歳でなれたんだもの」

「巴さん……」

「もう手放したと思っていた生への執着が戻ってきて、いつの間にか泣いていたのよ。これは、針ヶ谷さんの作戦どおりなのかしら？」

急に、話の矛先を紡さんに向ける巴さん。紡さんは顔に静かな微笑みをたたえると、テーブルの上で両手を組んだ。

「本当に素敵なドレスを作れば、国宝様は生きているうちに着たいと思うはずですから。――そのために、布川を国宝様のお宅に行かせました」

「えっ」

「先入観のある自分ではなく、布川を行かせたほうがなにかをつかんで帰ってくるだろうと。そしてそれは、当たりでした」

「そ、それで私を……？」

男が行くわけにはいかない、と言っていたのは方便だったのか。また紡さんの手のひらで踊らされていたけれど、嫌悪感はまったくなかった。やっぱり紡さんは、私の見えないところまで見ている。そして私は彼の仕事の手助けができたんだと思うと、光栄な気持ちだ。

「巴さん。今は、生きることをあきらめていないんですよね？」

「ええ」

巴さんは私の目を見て、しっかりとうなずいてくれた。

「闘病したらやつれて、自分の見た目が変わってしまうでしょう？　それが死ぬことよりも怖かったの。……でも、そんなことには負けないで、もっと美しい姿で復帰してみる。そのときは絶対にカメラの前でこのドレスを着るわ。約束する」

大きい涙の粒が自分の頰を流れるのを感じたけれど、これはさっきまでの悲しみの涙じゃない。喜びの涙だ。

死ぬためのドレスが、生きるためのドレスに変わった。それは仕立屋である私にとって、なによりもうれしいことだったから。

その後、巴さんが自身の病気をマスコミに発表。しばらくして手術が成功したという知らせが届く。今は復帰に向けリハビリ中ということだ。

巴さん自身からも、お店に直接電話があった。

「リハビリなんて大げさよ。今はね、落ちてしまった体重を戻すためにおいしいものをたくさん食べているの。手術後の治療を心配していたけれど、楽しみがあれば乗り切れるものね」

と楽しそうに語ってくれた。

私はというと、なんと見習いから正社員に昇格することが決まった。

「糸のおかげで、国宝様のエンディング・ドレス作りが成功したんだ」

と今回の働きを評価してもらえたのだ。

そして――。


「えっ、これって……」

開店前の工房で紡さんから渡されたのは、翡翠のカフスボタン。いつも紡さんが片方の袖にだけ留めているものだ。

「これは祖父の形見だ。糸がこの店に来たら、ひとつを渡すよう言われていた」

「えっ。お針のおじいちゃんが……？　それって、私がここに来ることを予想していたってことですか？」

手のひらの中の、丸みのある四角形のカフスボタンを見つめる。金色の縁取りがしてあって、アンティークな雰囲気だ。

「ああ。実は、『糸ちゃんが服職人になるときはわしが面倒を見る。でも、その前に死んでしまったときにはお前に任せる』と俺に話していたんだ」

おじいちゃんが、そこまで私を気にかけてくれていたことに驚く。だから紡さんは私のことを覚えていたんだと、初めて会ったときの反応にも合点がいった。

「じゃあ、紡さんは、それで私のことを……？」

「ああ。最初は祖父の遺言だからとしぶしぶ雇った。糸が大きなアパレル会社に就職したと聞いて安心していたし、再就職までのつなぎだと思っていたんだ」

「私、そんな気持ちじゃ……！」

つなぎだなんて、思っていない。私は本当に仕立屋の仕事がしたくて、紡さんの姿に憧れてここに来たんだ。

前のめりになって否定すると、紡さんはふっと苦笑した。

「ああ、今はわかっている。だからこれを渡したんだ」

紡さんの、深い瞳の色を見つめる。真剣な表情になって姿勢を正した彼が、今までよりも近くに感じる。

「そのうちいなくなるだろうと思っていたのに、糸が来てからのほうが毎日が楽しい。このまま長く働いてくれるとうれしい」

「紡さん……」

彼は、こんなにストレートな言葉をくれる人だっけ。まっすぐにぶつけられた気持ちにドキドキが隠せない。

私もずっと、楽しかった。この店に来てからずっと、魔法にかかったみたいな毎日で、季節が瞬く間に過ぎていった。

ずっと、この場所にいたいと思っていた。見習いだけど、いつかは紡さんの横に並べますようにって。それを紡さんも望んでくれているなんて、うれしい。

「はい！　一生この店に骨を埋める所存です！」

「……それ、意味わかって言ってるのか？」

紡さんが口元を押さえて、私から目を逸らす。

「はい？」

「いや、なんでもない。——これで店名の〝紡ぎ糸〟が正式に揃うな」

「そうですね。あっ、カフスボタン、さっそくつけてもいいですか？」

そう言ってから、はたと気づく。私、カフスボタンなんてつけたことがない。

「あれっ……。けっこう難しいな……」

もたもたしていると、紡さんがため息をついて私の手からカフスボタンを奪い取った。

「貸せ。つけてやる」

そうして私の手首に触れる紡さんの袖で光る、同じ翡翠色。

おそろいのカフスボタン。ふたりの名前が入った店名。なんだか最初から、この未来が予想されていたみたいだ。お針のおじいちゃんとおばあちゃんは、ここまで想像していたのかな。そう、私が紡さんを好きになることまで――。

「……顔が赤いぞ」

手首に触れた体勢のままで、紡さんが私の目をのぞき込む。さらっと流れる前髪の間から紡さんの瞳が見えて、その近さにますますドキッとした。

「いや、おそろいだなんて恋人同士みたいだな～なんてちょっとドキドキして……」

「恋人同士、か」

紡さんが私から離れ、考えるように黙り込む。

「あの、すみません、変なこと言って」

「どうして変なことだと思うんだ」

「え。だって紡さんは私のことなんて眼中にないでしょう？」

だから今だって、そんなふうに神妙な顔で眉を寄せているのでは？　脈なしなのをこれ以上実感して傷つきたくないな、と思ったのに、紡さんから返ってきたのは予想とは違う言葉だった。

「――やっぱり、気づいていなかったか」

ドキン、と心臓が大きく跳ねる。『もしかして』と『そんなわけない』という感情の間を、心が何度も行ったり来たりする。

「どういう、ことですか？」

やっと疑問の言葉を吐き出したときには、身体中が熱を持ったみたいにクラクラしていた。

「こういうことだ」

しかめっ面の、でも耳まで赤くなった紡さんが、私の後頭部に手を添える。

「つ、紡さん？　あの、もしかして紡さんも私のこと……？」

つっかえながらたずねると、紡さんが動きをぴたりと止め、眉間に皺を寄せた。

「糸……。こういうときくらい黙っていてくれないか」

「すみません……」

もしかして、ムードが台無しだっただろうか。恥ずかしくて泣きそうだ。

「いや、糸らしい」

紡さんがこらえきれずに吹き出して、そのまま綺麗な顔が近づいてくる。

「好きだ」

耳元でささやかれた言葉。頬に、首すじに、紡さんの吐息がかかる。

「……私も、です」

初めてのキスの予感がして、私はそのまま、ゆっくり目を閉じた。

この物語はフィクションです。
実在の人物、団体等とは一切関係がありません。
本作は、書き下ろしです。

栗栖ひよ子先生へのファンレターの宛先

〒101-0003　東京都千代田区一ツ橋2-6-3　一ツ橋ビル2F
マイナビ出版　ファン文庫編集部
「栗栖ひよ子先生」係

仕立屋王子の謎解きデザイン帖

2022年11月20日　初版第1刷発行

著　者　栗栖ひよ子
発行者　滝口直樹
編集　山田香織（株式会社マイナビ出版）
発行所　株式会社マイナビ出版
〒101-0003　東京都千代田区一ツ橋2丁目6番3号　一ツ橋ビル2F
TEL 0480-38-6872（注文専用ダイヤル）
TEL 03-3556-2731（販売部）
TEL 03-3556-2735（編集部）
URL https://book.mynavi.jp/

イラスト　imoniii
装　幀　大岡喜直（next door design）
フォーマット　ベイブリッジ・スタジオ
ＤＴＰ　富宗治
校　正　株式会社鷗来堂
印刷・製本　中央精版印刷株式会社

 ISBN978-4-8399-8033-7
Printed in Japan

Fan
ファン文庫

死神ラスカは謎を解く

著者／植原翠
イラスト／煮たか

罪を犯し罰を与えられた死神と一年前に妻を亡くした刑事が事件を解決していく異能力ミステリー

管轄内で連続通り魔事件が起き、疲労困憊の刑事・霧嶋。新たな通り魔事件が起き、霧嶋が現場検証を行っていると「ここは殺された場所じゃない」と言う不思議な青年が現れ…？